U0051491

末等魂師

7 魂師之路，開啟！

銀千羽—著

希月—繪

人物介紹

端木玖

身分：端木家族嫡系九小姐
年紀：美少女般的十五歲
特長：賺錢（打劫）和花錢（買東西）
出場印象：從傻子進化成一個既土豪
　　　　　又敗家的奇葩美少女
新技能：動口不成，飛劍伺候

紅色小狐狸

身分：魔獸
年紀：不明
特長：被玖玖抱在懷裡睡覺
出場印象：疑似魔獸火狐狸的紅毛小狐狸
新技能：燒光想傷害玖玖的人

仲奎一

身分：西岩城武器店老闆
年紀：一百多歲
特長：煉器
出場印象：看守武器店的鬍子大叔
口頭禪：那個阿北家的小姑娘

樓烈

身分：疑似聲名赫赫的煉器師
年紀：不明
特長：吃魚、喝酒、教徒弟
出場印象：黑黑灰灰的浮屍一具
口頭禪：我不是壞人
（內心附註：是帥哥）

北御前
身分：玖父託付之人，來歷神秘
魂階：五星天魂師
武器：黑色長槍
出場印象：外表約三十歲的紫衣帥美男
口頭禪：不能把小玖養歪了
端木風
身分：端木世家嫡系六少爺，
也是本代子弟中第一天才
好友：夏侯駒
特長：護玖狂魔

端木傲

身分：端木家族嫡系四少爺
年紀：三十二歲
魂階：天魂師
新技能：妹控兄長實習中
出場印象：冷漠正直的男人
外型：黑髮黑眼的酷型帥青年，氣質沉穩

夏侯駒

身分：夏侯皇朝四皇子，天魂大陸十大天才之一
外型：沉默寡言的俊青年
個性：熱心開朗，有點悶騷
好友：端木風、端木傲
新技能：認識某少女後發現自己往吃貨發展

目錄

第六十七章　莫非他們修練的是種假魂師？

站在神殿大門之前，北御前一臉冷酷，肅殺的氣勢往前鋪開，將剛才來人出招後留下的威懾全破開。

殿內眾人立時從突發狀況的震愕中回神，各自悄然挪動。

神殿門內，一身華袍、絲袖袂袂的豔麗女子見狀，身影微動，飄然落地。

剛才的一擊，並沒有達到她預想中的情況。

該重傷的人沒重傷、該驚懼的人也沒有太多害怕，她眼神睇了下，手中權杖一揮。

隆隆隆……

眾人：「……」

眾人怎麼攻擊都打不開，最後被小玖削開了能容兩個成人進出入口的神殿大門，竟然緩緩自動開啟。

他們死砸活砸都砸不開的大門，竟然這麼簡單就開了。

原來這權杖是鑰匙，大門是要用權杖才能開啟？

等等，門死關著，然後把鑰匙放在殿裡最裡面的位置，是要教別人怎麼開？

這間神殿的主人是腦子有坑還是……關著門就是準備教人砸的？

看著這頭仰到快要倒了才能看到頂的大門，眾人心裡又默了。

好吧，實際上是，他們也砸不開門。

不過，這個女人是怎麼知道權杖能開門的？

而且……他們怎麼沒想到可以直接飛上去跳進去再開門?!

眾人內心各種想法各種吐槽後，注意力又回到自己受了傷、實力又被碾壓的現實裡。

殿門一開，神殿內外的景況，頓時一覽無遺。

神殿內，一掛人倒地一片，死傷無數。

吐血的、重傷昏迷的一堆；還能站著的，寥寥無幾。

「家……家主……」望著來人，陰家眾子弟敬畏地恭聲喚道，神情一個個都高興起來。

家主來了，他們不必怕這些人了！

「陰家主來了……」歐陽家與其他依附陰家與煉器師公會的家族與小隊，同樣鬆了一口氣，看到反敗為勝的希望。

豔麗女子站在神殿中央，掃視全場。

對於死傷大半的家族子弟，包括倒在王座前的陰星全，她只眉頭皺了一下，臉上卻平淡地沒有太大的情緒，然後對著他們點了一下頭，對這些人的傷亡沒有半句慰問。

陰家眾子弟們與其他人沒有任何怨言，只紛紛微低著頭，輕傷扶著重傷的，默默退到一旁。

陰家主不再看他們，她的注意力，只放在剛才她沒打中的人、與膽敢擋在她面前的人身上。

神殿外，同樣倒地一片，但傷亡人數明顯比殿內少了許多。

多數人只是被殿內發出的氣勁餘波震傷，昏迷的人數不多，大部分的人，都用震驚的眼神，看著殿內突然出現的那個女人。

「那個……她、她她……」對她的身分稍稍有印象的人，結巴。

「陰家家主，陰月華？」認得她的人，驚疑不定。

「她為什麼會出現在這裡?!」依據規定，她不能進山谷的吧？

這是違反團體賽規則！公然違反！

「陰家作弊！」

端木玖：「……」噗！

在這種時候，還能想著團體賽規則的人，小玖都忍不住要佩服他了。

不過，看著被她攙扶著才能站立、卻依然將她護在身側的四哥；以及在神殿內，受了傷靠在殿柱一旁、嘴角猶有血跡的六哥，還有現在擋在她身前的北叔叔，小玖的心情實在輕鬆不起來。

她扶著四哥先往後退。

在殿外的眾人，依然分列兩方，一方以陰家人為首，一方以北御前為首。

神殿大門開啟後的一陣猛衝，兩方隊伍中帶隊的那些人都衝進去了，陰月華的出現，讓依附陰家的一方大鬆一口氣。

而北御前這一方，端木家族與公孫家族、傭兵公會與商會的人，雖然還不知道

殿裡發生了什麼事，但看到陰家主以這種氣勢出現、那些整個人好好進神殿現在變成傷殘的同伴，也知道狀況不對。

「現在這情況，好像不太妙。」

「剛才殿內發生了什麼事？」

「不知道。但這女人怎麼會在這裡？」

「剛才的那一陣混亂，該不會就是這女人搞出來的？」

與北御前組成聯合隊伍，端木家、商會，以及各工會中沒有進神殿的人，不由得一人接一句，低聲互相問道，然後一致看向端木傲。

他和九小姐，是進殿後唯二出來的人，不問他問誰？

「她怎麼會在這裡不重要，重要的是她已經來了，而且來者不善。你們自己小心點兒，有機會就先離開，保命要緊。」端木傲雖然受傷、神情凝重，卻沒有慌亂，語調沉穩地回道。

眾人一聽，再看殿內的情況，各個小隊都小心翼翼地以眼神交流。

高階魂師們打架，低階魂師們隨時變炮灰。

面對這種氣氛不明、卻莫名很緊張的情況，眾人十分有默契，以不驚動對峙中的兩人為原則，悄悄地、慢慢地，開始準備撤離。

實力低者先撤離，實力較高者殿後，如果找到機會就救人。

這種動靜，陰月華與以陰家人為首的隊伍不是沒發現，只不過這些都是無關緊要的人，他們的行為，不是他們關注的重點。

看著手持長槍立在神殿門口、氣勢昂然的男人，陰月華原本是不以為意的，但

看見他這身氣勢，她懷疑地蹙了一下眉。

這氣勢，不像是天階。就算剛才她發出的攻擊沒有出全力，但也不是一個天階魂師能擋得住的，但是他輕易就化解掉了。

難道她收到的消息有誤？

「你，是北御前？」她緩緩走向門口，不動聲色地確認。

北御前的名聲，在帝都之中不算太顯赫，畢竟在帝都之中，天階魂師的人數並不算少。

不過陰月華對他可是聞名已久。

是他，帶回了那個男人的女兒，還把那個女兒照顧得無微不至，為了她，不惜和端木家為敵……

最令她氣惱的是，一個傻了十五年、讓她看了五年戲又笑了十年的小女娃，竟然突然好了，來到帝都後，更是接連讓陰家丟臉。

他們父女，果然都不是好東西！

北御前沒有理會她的問題，卻看了她手中的權杖一眼。

有點眼熟，是在哪裡見過……

「不敢承認嗎？」她手一拂，魂力立刻形成一道威力不亞於剛才追擊端木玖的氣勁，就直撲北御前而去。

北御前手中長槍一旋轉，就將那道氣勁揮散，立刻反擊過去。

她手中權杖輕輕往前一擋，「轟」一聲，長槍的反擊頓時消散。

「這不是天階魂力。」陰月華沉聲道。

天階的魂力，怎麼可能擋得住權杖之威？還是說，真正有威力的不在魂力，而是——長槍嗎？

北御前依然什麼話都不說，只是注視著她，雙腳一步都不動，牢牢將端木玖護在身後。

端木玖扶著自家四哥後退到暫時安全的距離後，讓他坐下療傷，但她的眼神，卻已經看向神殿之內。

六哥就站在右方的殿柱旁，背靠著殿柱，臉色蒼白、唇邊有微微的血跡。

姬雲飛、石昊、公孫憬、雷鈞四人，原本半倒在距離王座前方好幾大步距離的位置上，但現在石昊與公孫憬已經站起來了，悄悄扶起姬雲飛和雷鈞，暫時不敢異動。

而端木玨和端木修等人的位置，卻在距離神殿大門不遠的地方，兩人在剛才權杖第一波的攻擊中，受到的波及是最輕的，傷勢也最輕，雖然擔心端木風的傷勢，但兩人同樣不敢輕舉妄動。

這幾個人儘管分散，卻同時不著痕跡地盡量與陰家子弟拉開距離。

端木玖同樣留意到，悄悄進行撤退的，都是殿外的人。

至於神殿內的人，不算那些倒地不起沒有知覺的，其他所有清醒著的、能動的人，沒有一個敢做出大幅度的動作。

這種反應，不正常吧？

「當然不正常，這些人，都怕那個女人。」

雖然不知道他們為什麼怕，但這不妨礙小狐狸鄙視一下這些魂師。

「她很可怕嗎？」小玖在神識裡反問。

「不可怕。但是如果沒有意外的話，這裡沒有一個人，是這個女人的對手。」小狐狸哪裡會怕區區一個女人，在他的字典裡，就沒有「可怕」這兩個字。即使是天魂大陸人人都怕都敬的神階，在他眼裡也不過是個小玩具。

但小玖問了，他還是依據天魂大陸的情況，把自己除外，很客觀地給了他的判斷。

「神魂師？」小玖一下子就聯想到了。

「嗯。」

「你也不是她的對手嗎？」她挑眉，瞄了小狐狸一眼。

「我不算在內。」小狐狸瞪了她一眼，覺得他的小玖現在有點皮，竟然假裝沒聽懂他的意思，但還是多說了一句：「放心，她動不了妳。」

「我不擔心。」小玖微微一笑。

她從不畏懼敵人。

雖然人人都怕神階、被神階的氣勢壓迫得抬不起頭，但是偏偏她對這種「勢」完全無感。

在別人被壓制得害怕顫抖的時候，她還悠悠哉哉的，完全無視敵人。

於是，在沒有人敢「明目張膽」移動的情況下，只有小玖，就這麼大大方方地走向自家的北叔叔。

見她動了，端木傲一邊運轉體內的魂力加速恢復，一邊默默跟在她身後，一副就是跟妹妹一起行動的堅持。

原本只注意北御前的陰月華，在小玖移動的時候，立刻將注意力轉向她。

這一轉眼，她神情瞬間變冷，整個人的氣勢突然變得淩厲起來。

北御前立刻感覺到了，手中長槍一轉曳地，無聲無息地擋下那股淩厲之威。

他沒有回頭，卻朝身後的人說道：「神階與聖階顛峰之間，一級之差，實力相差卻不止十倍。聖階與天階之間的差距，同樣有如天與地。一名神魂師想要殺一個天魂師，只要動動念頭就可以。」能讓他在這種對決的危險關頭，還不忘教導的人，也只有小玖了。

不過這句教導之後的真正意思是：所以乖小玖，別挑釁對面那個女人，很危險。

剛好聽見這句話的人，全部倒抽一口氣。

動動念頭就能殺一個天階？

真的假的?!

但想到她在神殿內還沒有現身，只出了一招，而且那一招還被北御前擋下大部分氣勁，結果就讓他們這些守在神殿外的人統統受傷，過半數人倒地，好一會兒才能再站起來的慘況……

北御前的這句話，好像一點都不誇張。

來者不善。

他們今天還有命離開山谷嗎？

……還是趁機加快撤退的速度吧。

但是另一方，與陰家站在同一立場的所有人，聽到這句話後，神情整個都亮

了，個個抬頭挺胸。

贏定了贏定了，不必慫！

「你倒很了解神階。」站在神殿門口，陰月華居高臨下地看著殿外所有人。

「不過只是一點常識，算不上了解，也沒什麼值得驚訝。」北御前雖然戒備，但是表現出來的，他個人從頭頂到腳底，就沒有出現過一絲絲跟「害怕」這兩個字有關的反應，而且他還有心情繼續教小玖：「小玖，來，認識一下，這位就是陰氏一族的家主，陰月華。」

「喔。」小玖點點頭。

剛才神殿裡的人那幾聲驚呼，她聽見了。

「大概知道就好，不用記太熟，妳很快就可以不用看見她了。」北御前又多說了一句。

眾人：「……」

北大人這意思，讓人浮想連翩，但是他們有點不敢想。

好像哪一種可能性，都很可怕！

還有，什麼「小常識」？

動動念頭就可以殺一個天階這種小常識，什麼時候有的？他們完全沒有聽過哇！

「可是，我已經記住她了。」小玖露出無辜的表情。

眾人：「……」只有表情是無辜的。

這嘆息的語氣，聽起來根本就是「我的記憶力就是一眼就記住的這麼好我也沒

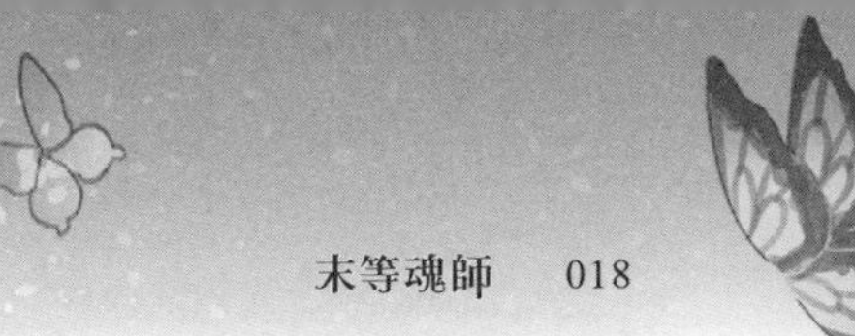

辦法」吧。

「這麼醜的女人，別記住！」北御前趕緊替自家小玖消毒，刪除刪除。

但是他一說完，現場氣氛突然一陣冷。

眾人：「……」噗！

酉鬼……醜?!

眾人默默地看了陰家主一眼。

說她年紀大……了點兒，這全天魂大陸的人都知道，畢竟這種事隱瞞不了，大家算學再差也不至於連一個人的年紀都算不出來。

好吧，就算是真的算不出來，也還有測生石，測生石一丟出去，年齡馬上出來，不能造假無法弄虛，眾生無欺。

但說她醜——這評論在天魂大陸上會點頭同意的男人，大概兩隻手的手指頭數得完。

就連女人，也沒幾個敢說陰家主是個醜女人。

單就以一個美女的標準來說，陰月華絕對是個美女。她的長相美豔成熟、身形妖嬈多嬌，令人一看就會眼神一亮，是個對男人有著絕對吸引力、對女人有著很大威脅的大美女。

除去外表，她個人的實力、魂階，在天魂大陸的女性魂師中，也是數一數二的佼佼者。

這樣一個外表美、實力強、多年來受到無數男子追捧的女人，被說醜……

雖然不是每個男人都欣賞陰家主這樣的女人，但要直接說她醜——這有點昧良

心啊。

「北御前，你想死？」陰月華冷冷地開口，氣氛頓時一凍！

眾人：「……」

厚……看吧，「醜」字不能亂說的。

世上有哪個女人可以心胸寬大地接受自己當面被說醜？

更何況全天魂大陸的人都知道，陰家主可是個自視很高很高、自詡為天魂大陸上最美最有實力的女人中的女人。

敢說她醜的男人，絕對會被她砍了的。

眾人默默在心裡吐槽的同時，並沒有忘記撤退這件事，就這幾句話的時間，神殿外的人已經消失了近三分之一。

小玖一直在注意周遭的情況，發現留下來的人，注意力大多不在「如何逃命」，而是在留意神殿裡的狀況。

這些人，難道想……

「想救人。」她心思一轉，小狐狸就在神識裡說道。

「即使有生命危險，也不輕易放棄同伴。」小玖的心，微微震動。

「人族，有些時候、有些人，還是有可取之處。」小狐狸倒沒有太多的觸動，只是覺得還不錯。

身為魔獸，除了自身的實力與傲氣，小狐狸本身更有屬於高等魔獸的傲氣。

單打獨鬥時也就罷了，如果有帶「小弟們」一起打架，在遇事時是不會為了活命就丟下小弟們的。

對他來說，這種反應很正常。

但對人族來說，可就不一定了。

大難來時各自飛、貪生怕死先逃命的實例，比比皆是。

所以現在看著這些人的作為，小狐狸雖然沒有特別欣賞，但也有「哦，人族中還是有不錯的人嘛」的這種評價。

「……」被小狐狸一說，小玖心裡的那些感動頓時減少很多，不過，對於在場的人，她是很欣賞的。

「義氣與相挺」這種信念，說得容易，做起來難。

但在天魂大陸，卻是大家都默認的通則。

對家族，要孝義維護、榮辱與共；在傭兵團與同伴，要信義相挺，對求饒嗤之以鼻。

只不過，還是有些人是不在意這些的。

小玖沒忽略陰月華只是淡淡朝他們望了一眼，看出他們的想法，神態卻不以為意。

有命，才有信義。

逃命的，識時務；不逃的，傻。若是想救殿內那些無法動彈的人——不自量力！

不過也無妨，他們的實力，她還不看在眼裡。

她親自來的目的，不是為了殺光他們；逃了就逃了，有本事救人的，她也不會刻意追殺，這裡的所有人，只需要成就她計畫的第二步就夠了。

「比起我，妳比較想死。」北御前淡淡看她一眼，語氣平靜。

對比周遭人的驚嚇反應，他這反應簡直平靜得不像話，讓陰月華完全沒有剛才一招震懾全場的滿足感。

「誰會死，試一下就知道。」陰月華決定，其他人可以放走，但是北御前的命，她要定了。

舉起金色權杖，陰月華的衣襬瞬間無風飄揚，同一時間，在她身上浮出五星一角的魂師印，被高高舉起的權杖，同時發出一道強烈的光芒。

「五星！」正好看見的人，同時低叫了一句。

這是天魂大陸上，傳說中的魂師印圖形。

雖然他們很榮幸看到，但是眼下這種有生命危險的狀況……他們對這個魂師印一點都不想稀罕。

「她真的突破成神了?!」這對諸多停留在四星九級的聖魂師來說，絕對不是個好消息。

這時候，終於有人慢慢從「陰家主突現！」、「陰月華成神！」的震驚中回過神，腦袋終於有空想到除了逃命以外的事了。

多少年來，停在聖階九級的魂師們誰都沒突破，就陰月華突破了。

而且突破就突破，偏偏她不聲不響的，卻在這時候展現出來。

想到她之前硬是插手更改團體賽規則的事，現在又這麼高調地直接闖來這裡，而且一來就發威，還有那柄神殿權杖……

總覺得有什麼陰謀。他們得快把這裡的情況，如實回報給會長（家主、團長、

隊長、皇室）。

耀眼的白色光芒，隨著陰月華的揮動，一道形狀猶如虹彩的白色光芒順勢而下，直擊北御前。

北御前舉起長槍，身形一轉勢，沒有過多的花招，直接以槍尖迎向那道白色光芒。

權杖白光與黑色槍尖相抵的那一刻，眾人耳邊彷彿聽見一聲無聲的「啵」，時間彷彿停止在這一瞬間。

萬籟無聲。

連感知都一片空白。

但隨之，由白光與槍尖接觸的點，突然像失控般，瞬間爆出巨大的破壞力，炸向四周。

「轟！」

整個空中浮島為之震動！

距離中央點最近的北御前整個人被轟飛。

「呃！」

「北叔叔！」

小玖隨即躍上空，接著北御前倒飛的身體後，卻連自己都隨著這股衝勢一併被衝後退。

「該死！」

「哇！」

「護好自己！」

「快退！」

「唔……」根本來不及。

由神殿門口而外的所有人，全被這股破壞力碾倒在地，有當場生死不知的，更有傷上加傷的。

這絕對是他們成為魂師（武師）以來受傷最痛的一次！

如果不是受傷太痛了，他們想罵人！

等那股破壞力過去，神殿外原本綠茵如織的景致，已經整個禿成一片，寸草不留。

因為受傷太痛不能痛快罵人的眾人：「……」

整片草地都被碾禿了，他們還有命在，是不是不應該生氣、應該慶幸自己還活著？

然而浮島震盪不只如此。

從這片浮島下方，傳來陣陣碎散的聲音，聽起來就像有什麼東西，正稀稀落落地往下掉。

碎落聲後，隨之而來的，就是由地面傳來的驚呼聲、閃躲聲、還有咒罵聲——任誰無事坐在地上突然被天上掉下來的東西砸到，都會不爽咒罵的。

顯然島上的戰鬥，已經影響到島下了。

現在島下的人，再遲鈍也應該猜到這裡出現變故了吧！

小玖沒想那麼多，只在衝勢一減緩時，就扶著北御前落地，以意念揮劍，削去

其餘的攻擊餘波。

北御前落地後踉蹌了一下，嘴角溢出微微血跡。

「北叔叔？」她擔心地看著他。

「沒事。」擦去血跡，北御前一下就站穩，低頭看了周遭一眼，「還有力氣的，立刻走。」

都打成這樣了，他們也不用再玩什麼「悄悄撤退」的戰略，簡單直接一點，快點逃吧！

這時神殿外的人，又少了三分之一，只有一些受傷較輕的人仍然留了下來。

因為陰月華就在神殿門口，所以即使不在這次被攻擊的範圍內，神殿內的人，除了以陰家為首的一方人之外，沒有人敢趁機輕舉妄動。

而且陰家子弟顯然也不打算放過他們，仗著有陰月華在，乾脆把神殿出入口壓縮範圍堵死了，準備把這些人都圍在裡面打。

「呵。」陰月華踏出神殿門檻，輕笑一聲。「想走，來得及嗎？我若不想讓你們活，你們就是死路一條。」

這話一說，一股壓力襲來，幾個正帶人往島下快奔的傭兵小隊長受到影響，不由自主地停了下來。

「陰月華，妳別欺人太甚。」

陰月華眉一挑。

「欺人太甚，又如何？」

「我們不與妳為敵，只是不想徒增傷亡，不代表我們所有人合起來，就會怕

妳。」

陰月華一聽，彷彿聽到了什麼笑話一樣，直接又笑了兩聲。

「呵呵……不怕的，你們盡可以留下來。」

「北叔叔，這位……」小玖猶豫了一下稱呼。

「陰月華。」北叔叔替她決定。

「咦？」這樣好嗎？

好歹，這位的年紀……比她大很多。

聽說，也比她爹大很多很多。

對年紀那麼長的人直接叫名字，會不會顯得很沒禮貌？

「她和我們非親非故，對妳有敵意，不用禮貌。」在生死一招的戰場上，沒有男女老幼，只有敵我雙方。

敵人不會因為對手年紀大就敬老，也不會因為對手年紀小就愛幼。

「敵人，就是敵人，各種方面都不必留情，全方位打擊就對了。」北御前教育她。

記住，忠孝仁愛信義和平，在敵人面前，不存在的。

當然，出口就罵人損人，也是不必要的。這種對敵不是罵架，只有實力，才是個人最後的憑峙。

不過如果對方很找罵，那當然就要成全她了，不必客氣。

「明白了。」小玖立刻表示，一定記住這個原則。但是她還有個問題，「一個神階，實力可以和全大陸為敵嗎？」

雖然有句話說：一力降十會。

但是蟻多也能咬死象。

小玖覺得，陰月華怎麼看都不像一個無腦的女人，應該不至於天真地以為只憑她一個人、一個陰家，就能和全大陸所有世家、眾公會、傭兵團等勢力為敵吧？

「只有她一個人，也許不行。但是如果加上煉器師公會、歐陽家、陰家，以及和陰家有關的大小家族呢？」

別忘了，陰家什麼都不多，就是聯姻特別多。

嫁出去的、娶進來的，再加上陰月華本人的諸多情夫與子嗣，這全部加起來的力量有多大，光看這次她能強行改變團體賽的規則、這裡有一半的人都聽她的，就知道了。

所以，看事情不能只看表面，要懂得分析，知道嗎？

小玖點點頭表示明白，她真的忘了這件事，但現在想起來了，就「哇」了一聲表示讚嘆：「那她計畫很久了啊！」

「真正有野心的人，通常不缺耐心。」北叔叔加一句評論，默默還看了周遭這些被人稱為「年輕一輩高手」的人們。

所以，在場露出驚訝臉的大陸年輕人們，你們、你們、還有你們呀，都太年輕想太少啦。

身為年輕人們代表的姬雲飛、端木珏等所有人：「……」這種赤裸裸的被嫌棄的感覺是怎麼回事？

雖然北大人沒有特別看他們，但莫名就是覺得那句話指的，就是他們。

他們想喊冤。

就算他們之前沒想到會發生這種狀況，那也絕對不是因為他們笨，實在是陰月華的情況太出乎他們的意料之外。

而且，不只他們呀！

相信他們家裡的那些大人們，也絕對沒有想過大陸上會突然冒出一個「神階」出來的。

所以說，年紀大，也不代表想很多，頂多就是……他們太單純了點兒、心眼兒少了點兒……

但這也很正常呀。

他們追求和修練的，是實力，可不是玩陰謀兒，所以絕對不是因為他們笨。

嗯，就是這樣。

「笨」字絕對不能認在自己頭上。

只能說陰月華不愧是把陰家從一個偏遠小家族提升到如今只差三大世家一等的一族之主，夠陰險、夠精明、夠小人、也夠不擇手段。

「北御前，你比其他人都聰明多了。」既然被看破了真意，陰月華也不否認，很乾脆就直接承認了。

「謝謝。不過被妳稱讚，一點都不令人高興。再說，世上不是只有妳最聰明，就算妳晉為神魂師，也不代表妳的實力就能大陸無敵，別高興得太早了。」北御前淡淡說道，一手背著人給了小玖一個指示。

找機會，救人。

小玖秒懂。

這裡的人，不能都死在這裡，更不能全部被陰月華控制，否則天魂大陸就算不尊她為主，也要受她制約。

「哦？」陰月華一聽就笑了，特別用很溫柔、還帶點嬌媚的語氣說：「能不能大陸無敵就不用你操心了，你只要……把命留在這裡就可以了。」

北御前還沒反駁，他手上的長槍就先掙動了一下。

「不用生氣。」他安撫長槍，「跟一個沒見過世面、只會賣弄自己的女人，沒什麼好生氣的。」

不高興，待會兒揍她就是。

旁聽的眾人：「……」陰家主是沒見過世面的女人？

北大人，您究竟是用什麼標準才說得出這句話？

一個在天魂大陸上攪風攪雨、還以實力把他們都壓制在這裡的女人，您覺得她沒見過世面，那什麼樣的人才算「見過世面」？

莫非他們……也是沒見過世面的一群人?!

……呔呔，他們才不承認。

「想要我的命，妳有這種本事嗎？」北御前一甩長槍，音調不高不低，語氣不疾不徐，完全不把一個神魂師的威脅放在心上。

陰月華噗哧笑了出來。

「北御前，你認為本家主堂堂一個『神魂師』，會沒本事殺了你這個『天魂師』？」簡直可笑。

這真是她出生以來，聽過最可笑的笑話。

「想殺我，妳的確沒這種本事。」北御前同樣微微一笑，接著，他身上驀然發出光芒。

魂師印現！

陰月華原本想反諷的話頓時止住。

北御前身上的魂師印，傳聞中三星五角的標誌，以眾人目光可及的速度，開始變化。

周遭還沒偷偷溜走的人，個個瞪大了眼。

三星五角、六角、七角、八角、九角、四星，一角、二角、三角……直到五星點亮，他的魂階，穩穩停在五星一角，魂師印才緩緩消失。

就眨眨眼、又眨眨眼的時間。

五星、一角！

神、神階?!

他們、沒看錯。又一個、神魂師?!

哇……哩……咧……

就算吃了大力丸也沒長得這麼快的，晉階又不是吃飯喝水，一口長一角……現在這個這個，到底算是怎麼回事？

神魂師是這麼好練成的？

莫非他們以前那麼辛苦又勤勞、修練修練再修練，好不容易才能晉個級的過程，都是假的?!

第六十八章　不服

陰月華一瞬間也驚住了。

但腦中只稍微一想，就瞪住北御前：「你根本不是天魂師。」

北御前只輕飄飄看了她一眼，沒有開口的意思，完全就是「本人不跟無理取鬧的人說話」的表情。

陰月華瞪住他的眼神，更兇了。

「如果你是神魂師，那代表你根本不是天魂大陸的人，你來自……對，一定是這樣，他也去了那裡，他就在另一個大陸，對不對？」為什麼她到現在才想通?!十五年前，北御前憑空抱著端木玖出現在端木世家，不知來處、不知身分，她怎麼就沒聯想到?!

「我沒興趣聽妳發神經。」北御前無視她的問題，反而說道：「現在，先來算算帳。」

「算什麼帳？」

「剛才，妳想殺小玖。」

「是又如何？」

「所以妳欠揍。」

噗！

雖然是生死攸關的時候，但是他們好想笑。

這語氣，絕對像要教訓誰家的熊孩子。

但是陰家主，可不是什麼熊孩子——而是比熊孩子更難纏的存在。

陰月華一愣，突然就笑了出來。

笑的神態，很風情萬種。

在場男人看見了，都是一愣。

……一直聽說陰家家主很美，對男人而言，是個很有魅力的女人，很少有男人能拒絕陰月華的示好。

他們承認她的確很美，但是魅力——對於一個一出手就想殺他們的女人的魅力，恕他們領會不了。

但是現在，他們有點意會了。

難怪陰家主能讓那麼多高階魂師為之傾倒、為之守護……等等，現在不是研究陰家主多有魅力的時候！

是應該趕緊地、悄悄地、快快地把握機會逃命的時候！

「揍？你是想殺我吧？」陰月華語調輕柔，聽起來一點怒火之氣都沒有，反而讓人聽了，有種心突然軟軟的感覺，什麼肅殺氣氛都提不起來。

在場對陰月華有敵意的男人，敵意突然少了一半。

好像，不由自主地，沒辦法對陰月華生氣——他們是不是有哪裡不對勁？

北御前發現了這種現象，但他自身卻完全不受影響。

「妳不該殺嗎？」

陰月華挑眉，「你……捨得？」

北御前長槍一甩，一道魂力自槍尖疾射而出，陰月華手持權杖，及時往身前一擋。

「碰！」

陰月華倒退三步，臉色立刻變了。

「有什麼捨不得的？就妳這樣的，多看一次我都嫌傷眼。」上下打量她一眼，直接撇開臉。

「北御前！」陰月華怒斥一聲。

他竟然真的對她動手，完全不受影響。

就算只是隨意的一招，他的魂力，也確確實實是神階，這讓陰月華的信心瞬間不那麼足，但……

她右手一緊握。

有「這個」，她不會輸，更不會怕任何人。

眾人：「……」剛剛怎麼了？

他們好像有一點恍神，有一點對陰月華……心動了？心軟了？但現在，好像又沒有那種感覺了。

該不會受了傷自己出現幻覺了吧？

嗯，一定是。不然明知道陰月華是什麼樣的女人，他們居然還會心動心軟，簡直是腦袋被什麼給糊了。

色不迷人，色不迷人。就算陰月華再有魅力，他們的心志也要堅定，不能被影響。

不過，長陰月華這樣的都嫌傷眼，北大人的眼光……真高！

北御前長槍一指，「廢話少說，妳這樣的女人就是麻煩，不但囉囉嗦嗦、心眼兒比針還小，偏偏又滿腦子野心、自以為是，行事不夠光明正大、專走陰謀詭計，連打個架都拖拖拉拉，只會以大欺小，難怪讓……人受不了。」

這個「……人」是故意停頓的，很有深意。

陰月華一下子就聯想到某個男人，臉色立刻一黑。

「想死，我成全你……哼！」陰月華怒哼一聲，眾人只覺眼前閃過什麼，穿過自己向外擴散。

但是再定眼一看，陰月華、北御前、神殿內外身上有著大小不同傷勢的人們，以及神殿外這片光禿禿的土地，湛藍的天、幾朵白雲，照映著聳立的神殿，無論是景還是人，都沒有變化。

可是剛才明明有什麼從陰月華身上發散出來，越過了他們……難道他們集體眼花?!

不對，感覺的確有點不同。

體內的魂力運行速度似乎慢了幾分，身上也有被什麼壓制的感覺，像被加了什麼重力。

小玖抬頭，看著上下左右四方，有種腳踩別人的地、頭頂別人的天，被什麼無形的東西框住的感覺。

她可以清楚感覺到框住的範圍。

以神殿大門，陰月華所站的位置為基，神殿內部完全被框住，延伸到殿後浮島邊緣。

但是這神殿門外，被框住的範圍則集中在大門以外，兩旁殿柱所在位置的直線區域內，同樣延伸到浮島邊緣。

也就是說，站在神殿外側兩邊的人，離神殿遠一點的人，並不在被框住的範圍內；如果想要逃命，只能從這兩邊的島緣往下跳。

在框住的範圍內，所有人都感覺到不同程度的壓力。

北御前提醒，「小心，這是陰月華的領域。」神魂師專屬技能之一，也是神魂師與聖階以下魂師最大的不同處。

神階領域之內，所有魂師的實力降三成。

這種實力壓制就像血脈等級低的魔獸遇上血脈高的魔獸。

不同的是，低等魔獸對高等魔獸會有天性上的臣服之心，但是魂師卻沒有。

即使有實力壓制，魂師的行為與意志是完全自主的。

所有人恍然大悟。

難怪他們覺得自己好像哪裡被壓制了，體內的魂力愈是反抗就愈是感覺到壓制，原來就是因為身處神階領域裡。

而在領域裡，端木傲的臉色似乎更白了一點兒。

體內的魂力愈是反抗性地運行，他就感覺到愈大的壓制。

小玖側身一跨步，就站到他前面。

「四哥，放鬆。」

端木傲立刻意會她的意思，不刻意反抗，身體感受到的壓制感雖然還在，但是卻不至於讓他臉色發白。

隨之，他的心情糾結了一下。

好像有哪裡不對。

哥哥應該是要保護妹妹的，怎麼反而變成是妹妹護著他了，這角色對調了啊！

北御前回頭看了他一眼，還很明顯嫌棄地搖了搖頭。

端木傲：「……」

雖然他和北叔叔沒什麼默契，不會眼神傳意，但是這個表情太直白了，讓他瞬間秒懂。

簡直就是明晃晃地把「太沒用了」四個大字寫在臉上。

太沒用的端木傲，面無表情、很堅挺地對妹妹說：「我沒事。」

「你受傷了，四哥。」小玖指出明顯的事實。

一向被尊為強者、從來都是站出來保護別人沒被別人保護過的端木傲，想站出來擋在前面的動作突然頓住：「……」

人在神殿裡，不小心正好聽見這句話、看見這一幕的端木風：「……」默默想捂臉。

從保護妹妹、到變成被妹妹保護，這事實相差太大了，端木哥哥們的心理陰影面積正不由自主地默默擴大。

「這點小傷，不礙事。」端木傲很快說道。

「保留實力，不要拖累小玖。」該你硬拚的時候，隨便你硬拚，現在，乖一點吧。

端木傲表情一頓，就不逞強了，反而抓緊時間，運轉魂力，能多恢復一分傷勢，就多一分。

陰月華手中的權杖朝身邊的人輕輕一揮。

白色的光芒灑過所有陰家子弟及與陰家站在同一立場的各家族小弟、小隊成員，他們頓時感覺到肩上一輕。

「這是……」

「是母親！」陰星全表情一鬆。

母親好厲害，母親，果然也是疼愛他們的。

他身上的傷全好了！

「是族長！族長幫我們療傷！」陰家子弟們身上的壓制全沒了，而且身上的傷勢還有好轉，他們頓時興奮得想叫出來。

「跟著族長，就對了！」他們立刻對其他家族的人說道。

族長萬歲！

「嗯！」其他人同樣感覺到差異，雖然他們的傷勢沒有好轉，但是看到端木家那邊的人個個臉色慘白慘白，心裡頓時滿足了。

這就是神魂師的實力?!

陰家主太強了！

領域外的眾人聽見這陣歡呼，內心立刻幽幽地接著道：強，的確很強，但是跟

著這個女人，小心哪天不知道怎麼著就死了。

「北大人才是最強的。」領域外的傭兵小隊們該逃的暫時不逃了，握緊手中的武器低語，彷彿這樣就可以讓自己多出一點力量。

陰月華是很強沒錯，但是他們有北大人。

才不羨慕！

站在陰月華的領域內，除了小玖，唯一還能行動自如、完全不受影響的人，就是北御前了。

他甚至還有閒心感受一下陰月華的領域，分析一下這股領域的威力和作用。

神階一星。

真的是好久沒有感受過這種等級的實力了。

北御前才想到這裡，他手中的長槍低低「嗡」了一聲。

「你不高興？」

長槍在他手中動了動。

「不高興也沒辦法，在這裡，這已經是我們能遇到最高的等級了。」而且，還是十幾年了，才終於遇到一個這種等級的對手。

即使和過去那些對手完全不能比，也只能將就了。

長槍又動了動，感覺還是很不滿。

「誰叫我們來到『這裡』呢？」特別強調「這裡」兩個字，果然長槍的不滿停頓了一下下。

但不一會兒，又強烈嗡嗡兩聲。

「好吧好吧，是現在的我太沒用，特別要靠你。」

長槍滿意了，槍尖主動指向現在最大的敵人——陰月華。

「說完了？」藉著權杖放出領域，陰月華表面好整以暇地聽他們說話，實則正在感受權杖帶來的威力。

權杖之威，果然不同凡響。

陰月華晉級神階雖然不久，卻也有好幾個月，但從來沒有哪一刻像現在一樣，清楚地感覺到神階的威力。

神階，果然需要神器的配合，才能發揮超越神階的實力。

本來她的領域範圍連現在的一半都不到，現在卻有這麼大，而且在領域內，她使用魂力更加隨心所欲。

想壓制誰，就壓制誰。

想不壓制誰，就不壓制誰。

甚至可以結合魔獸的絕技，增加她魂技的威力。

陰月華很滿意。

不枉她為了這柄權杖花費了這麼多功夫，連團體賽都用上了。

雖然代價是成為天魂大陸公敵，但就算沒有權杖，遲早她一樣要站在全大陸人的對立面——除非他們臣服於她。

望一眼在領域之內的所有人，陰月華開口：「看在同為天魂大陸子民的分上，本座給你們一次機會：就地臣服於我，性命無憂，或是把命留在這裡，就此消失。」

「廢話。」北御前直接噴她一句。

「反派要殺人前必備台詞。」小玖跟著接了一句。

端木傲站在妹妹身側，默默點頭。

小玖說的，非常對。

「有野心的人，通常愛做白日夢。」端木風的臉色看起來不好，整個人還得靠著殿柱才能站穩，但是他輕鬆寫意、彷彿聊天的神情，卻一點也看不出受重傷的樣子。

「我覺得，是我們比較像還沒睡醒。」姬雲飛有點苦笑。

目前情況是：敵方，以一可敵萬；己方，老弱傷殘。

雖然有個北大人撐著，但是敵方的手下們被加持，重傷變輕傷、輕傷直接好了。

而他們，不但重傷沒好，實力還被壓制。

簡直處於萬分不利之地。

這是連賭性堅強的賭客們都不想下注的慘境啊。

姬雲飛心裡萬分悲觀，看在小伙伴們所在的位置，悄悄往殿柱的方向移近了一步。

「生死之前，沒有不戰而屈的傭兵！」雷鈞朝著殿柱的位置踏向前一步，然後一臉正氣凜然地說道。

「公孫家，也沒有不戰而降、只為活命的子弟。」公孫憬踉蹌地起身，身形搖晃地朝殿柱的方向偏了偏，也輕聲說道。

不過在心裡默默多加一句台詞：但是可以戰略性撤退。

只不過現在是沒得退了，在領域裡誰也出不去，想活命，只怕真的要拚命了。

「太醜，不服。」石昊一開口，全場寂靜。

「太……醜？」是在說誰？

「她。」耿直地一指，人就站在端木風身邊。

全場，更寂靜了。

眾人看他的眼神，完全像在看勇士中的勇士。

繼北大人之後，又出現一個敢當面嫌棄陰家主的男人，姬雲飛一臉頭痛，萬分為小伙伴擔心。

雖然你和北叔叔說同一句話，但是，人家北叔叔有實力呀！魂師等級可以眨眼間從三階變五階，你行不？

人家行，所以當場吐陰月華的槽，毫無壓力。

但是咱們得有點自知之明，耿直也要有個限度啊，這麼犯人忌諱，莫非真想早點投胎？

不知死活也要有個限度啊親……

但是身為耿直男的石昊再度耿直了，「北大人說的是對的。」

這一副崇拜的小語氣是怎麼回事？

明明你平常說話都是平板音！

還有，別以為我沒看見，你在用那崇拜的小語氣說話之前，還先看了玖小姐一眼。

這順序，完全像是拜完大神換小神的節奏。

姬雲飛覺得頭更痛了。

「你別鬧了……」說實話要看場合呀親……

姬雲飛簡直要為小伙伴的口沒遮攔操碎了心。

「反正都要打。」石昊一臉認真地說。

不如乾脆就鬧大一點吧！

這樣比較熱鬧。

打起來可以毫無顧忌、隨便亂打，打架的時候他最喜歡沒有規則了。

姬雲飛：「……」所以他壓根兒是瞎操心，鬧不鬧的，小伙伴心裡清楚得很——個頭啦！

默默有種如果這回能活命回去大概要躺半年的預感，姬雲飛很糾結，這一點都不符合他保本又獲利的人生哲學呀。

但是現在，好像不豁出去也不行了。

就在這幾句話之間，他們各自帶領的小隊成員，已經漸漸聚合在一起，敵我兩方，再度隱隱形成對峙。

神殿門口只有一個，由聽命陰月華的子弟們把持著，個個精神抖擻。

而他們……

弱、傷、殘。

一看氣勢就輸很多。

「要拚。」石昊很堅定。氣勢輸很多也還是要拚。

「拚。」雷鈞很鄭重地，點頭。

「嗯。」公孫憬也點頭。

「端木家，不會屈服。」端木玨與端木修對視一眼後，也說道。

姬雲飛無語了一下。

這種集體視死如歸，好像只有他特別貪生怕死的感覺是怎麼回事？他又不是要投降，只是習慣性想要想個好一點的方法、讓大家的傷亡降低一點而已……才沒有貪生怕死。

「我只是想提醒大家，領域之內，如果我們選擇反抗，除非我們能打破領域，否則就算贏了這些人……」這些擋在門口的陰家、歐陽家子弟。「我們也逃不出去。」姬雲飛表面平靜，客觀地分析道。

內心再狠狠強調一遍：本少才沒有貪生怕死！

端木玨、端木修、雷鈞、公孫憬一聽，臉色紅了一下下。

「還是雲飛想得周到。」

「我們明白了，謝了。」

趕快用隨意親近的語氣表示，他們剛才一點都沒有想歪、沒有覺得他貪生怕死，真的沒有。

只有石昊：「雲飛，你要打？」

「當然。」姬雲飛無比肯定，大義凜然。

從眼神到語氣，堅決不和「貪生怕死」這四個字扯上關係。

「好難得喔。」石昊竟然還一臉夢幻地拍拍手。

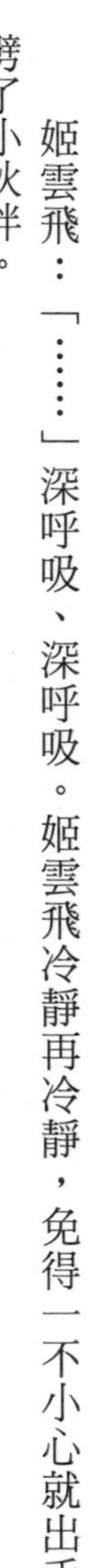

姬雲飛：「……」深呼吸、深呼吸。姬雲飛冷靜再冷靜，免得一不小心就出手劈了小伙伴。

「大敵當前，我也是其中的一分子，當然會盡全力。」這、一、點、都、不、難、得、不、用、拍、手、好、嗎？

「嗯，上！」耿直的小伙伴，很有氣勢地一指陰月華，眼神、語氣、動作整齊劃一。

意思就是：上吧雲飛看好你喲！

姬雲飛：「……」他這是被耿直的小伙伴黑了？誰帶壞的?!

叫他一個人上，有沒有搞錯啊？陰月華是神階耶，他一個連聖階也沒有的魂師自己一個人上，那不是反抗，是送命的。

這麼叫他去送命心都不會酸的嗎?!

友盡喔……

姬雲飛還沒把最後三個字喊出來，石昊指著陰月華的手指就挪了個方向，變成陰星全。

「就他吧！交給你。」

雷鈞四人：「……」噗！

神階搆不上，大家都是天階的來拚一拚吧！

身為小伙伴，石昊黑得很良心啊！

「我挑他。」雷鈞不等指定，立刻自己也挑了一個對手——歐陽家的某個子弟。

子弟。

「我的對手，她。」端木玨的目標：老對手，歐陽明雅。

新仇舊恨，有緣碰到了，就來算一下，有多少算多少。

「我嘛……就這兩個吧。」端木修就指了站在歐陽明雅身邊的兩個歐陽家子弟。

個人實力沒有其他人找的對手高，但沒關係，實力不足，數量來湊。

端木修一點也沒有偷懶啊。

「那……這個和這個，交給我吧！」公孫慏很自動，也挑了兩個對手——陰家子弟中的兩個小隊長。

看起來，魂階應該也是天階，級數不夠高一樣用數量來湊。

「他。」石昊看中的對手：歐陽明寬。

姬雲飛沒忍住話：「……阿昊，你看起來很期待的樣子。」

「嗯。」石昊立刻點頭。

「為什麼？」

「我想一腳把他踹出去。」石昊一臉躍躍欲試，期待滿滿。

姬雲飛表情停頓了三秒，然後不由自主抽了一下。

端木玨等人，統統不解。

「準決賽，玖小姐，一招踹人下台，晉級。」姬雲飛語氣幽幽。幾天前的個人賽，大家應該都還記得吧。

石昊立刻點頭附議。

端木玨等人：「……」這表情，有點難形容。

「你……那麼崇拜小玖呀？」端木玨覺得有點難以想像。

「嗯！」石昊大大地點頭。

「崇拜……小玖什麼？」端木玨還是難以想像。

她承認小玖的表現的確顛覆所有人的印象，也的確很厲害，但有到讓人這麼崇拜的地步嗎？

「她什麼都很厲害。」石昊毫不猶豫地說道。

姬雲飛、雷鈞、公孫憬三人，不約而同扭開臉，一臉不忍直視的模樣。

只有端木風輕聲一笑。

「有眼光。」崇拜小玖，身為小玖控的哥哥，端木風非常滿意。

石昊又點頭了，一副「我本來就很有眼光」的理所當然樣。

姬雲飛簡直想捂臉了。

「阿昊，你好歹也是名聞大陸、風靡萬千少女的年輕天才，能不能……含蓄點兒？」

有點天才範兒、高手範兒。

小迷弟的行為，不大合你的身分和實力呀阿昊！

但石昊完全不認為自己的行為有什麼不妥。

「有實力，就有名聲。」這跟行為沒關係，而且這也完全不是問題。「風靡什麼的，不用，麻煩。」他一臉嫌棄。

除了實力，石昊的字典裡，就沒有跟「女」有關的字眼。

想了想，他還多加一句：「浪費時間。」

姬雲飛默默心塞了一下。

他一個情商這麼高、智商也不低的商會少主，怎麼會有這麼一個完全沒情商、智商也常忘掉的小伙伴？

而且他跟這個小伙伴還從小一起長大，一起行動相處愉快友情堅定，這不合理……

姬雲飛又想捂臉了。

「小玖有這麼好？」端木玨依然難以想像，就著問話，很自然地朝姬雲飛走近了好幾步。

她承認小玖有實力，但是石昊同樣是大陸上公認的年輕一輩天才，而且成名更早，他的實力不在小玖之下吧！

剛好聽到這句話的雷鈞回道：「阿昊特別欣賞玖小姐這樣的。」出手比阿昊更簡潔有力、隨便一開口就可以噎得人心梗的。

不說別人，就是雷鈞自己也是很欣賞的，只是沒有阿昊表現得那麼明顯而已。

阿昊這種天大地大都沒有玖小姐大的表現，已經可以稱之為「暴風式的崇拜」了。

端木玨：「……」她想起來石昊過去的戰績了。

明明實力很強，但是決鬥之前石昊特別容易一句話出口就把對手氣得半死，然後怒氣加乘，對手出手就更狠。

這時石昊不但很高興地立刻反擊，而且還通常幾招就制敵取勝，因此打出一片名聲。

若論在擂台上大家最不想對上的對手是誰？

石昊一定榜上有名。

「他……小心！」端木玨才開口，就撲向端木修，就著飛撲的動作帶著弟弟跳開原地。

其他人反應也快！都是各自一個撲跳！至少離原地三丈遠，並且同時以魂力在周身形成一層防禦。

這瞬間的反應，純粹屬下意識本能，撲跳之後，他們人還沒落地，就聽見一聲：「砰！」

所有跳開的人迅速回頭，就看見陰月華正收回權杖的動作。

「堂堂神魂師，竟然偷襲小輩！」端木玨鄙視她。

「本座若真想偷襲，就憑你們……難道以為自己逃得掉?!」

這些人聊了半天，竟然沒有人理她。

被這麼忽略的陰月華不高興了，當然要提醒他們一下。

而且這些小輩，趁著幾句插科打諢的話，原本散在殿內不同方位的幾人，不著痕跡地就聚在一起。

這應對的方式，很可以，差一點瞞過她了。

反觀她那些子女和族人，只知道仗她的勢守在原處……這種應變力，和姬雲飛等人完全不能比。

這麼明顯的對比，讓陰月華的心情實在好不起來。

姬雲飛、雷鈞、公孫憬、端木玨：「……」被直白點出他們技不如人的事實，他們無法反駁。

好氣喔！

神階了不起啊！

哼哼，他們也有。

才、不、怕！

「你們說了這麼多，考慮好了嗎？」陰月華笑容輕淡，優雅地問道。

看著他們多少也是她看著長大的「孩子」，她可以多一點耐心，不過不包括石昊。

剛才她的攻擊，其實就是衝著石昊去的。

只是沒想到他反應挺快。

明明不只慢了一瞬，卻還是完美避開了她的攻擊，同時還不忘瞪她一眼。

很好，膽子很大。

她倒不知道，原來煉器師會長那個老頭的兒子，有這種膽量和實力，會長老頭藏得可真深。

雷鈞站定，第一個開口：「傭兵，可以任務失敗，但絕不會輕言屈服。」

「陰家主，雖然妳很美，但是我家老爹說，我家的男人不能被美色所迷，不然會揍我一頓的，所以，抱歉啦。」姬雲飛一臉認真地道歉。

「太醜，不服。」石昊又說了一遍。

眾人毫不意外地又在陰月華臉上看到扭曲了一下的表情。

「阿昊，這句話不用重複。」姬雲飛這次真的摀住他的嘴。

惹火女暴龍對他們的處境真的很不利的，別拖後腿了啊！

「端木家，不會成為任何人的附庸。」端木玨凝神戒備。

「公孫家亦同。」這是公孫憬的答案。

聽到答案，陰月華也不生氣，反而笑了。

「真可惜，你們竟然一點都不愛惜自己的命，既然如此，就別怪我以大欺小、以長欺幼了。」陰月華舉起權杖，身上五星魂師印浮現。

蔚藍的天空，霎時風捲雲走，雲層聚集，龐大的壓力從天而降。

姬雲飛等人面色微變，不得不聚起魂力抵抗壓力，身上的魂師印一個接一個浮現。

天魂師、天魂師、天魂師、聖魂師、天魂師、天魂師……

陰月華一眼掃過，臉上神情似悲似無情，輕輕開口說出兩個字：「神罰。」權杖順勢一落，龐大的壓力瞬間降下……

「噗……」姬雲飛等人瞬間咳血。

神殿外，北御前身影同時一動。

鏘！

黑色的長槍擋住權杖的攻擊。

下降的壓力頓時一震，姬雲飛等人立刻感覺到壓力一消，只看見黑色長槍與金色權杖的對撞。

短兵相接，北御前與陰月華，誰都沒退一步，但周身各自掀起一陣氣流。

「別搞錯了，妳的對手是我。」

「北御前！」

「怎麼，以大欺小的事做得很順手？妳這個神魂師，就只會欺負那些三、四階的小子嗎？」

陰月華被那幾個小的聊天晾得很不爽。

他個人同樣被這個做作的女人晃點得很不爽。

要打就打，廢話一堆。

囉嗦！

他的時間很趕，沒空看她一齣接一齣、裝模作樣的大戲。

神魂師，呵。

高高在上，呵。

睥睨眾生，哈。

他不吃這套。

「不服我者，便是礙眼的存在，無論是你、還是他們，在我眼裡，都一樣。」陰月華冷笑地回道。

「那太好了，我看著妳在這裡晃呀晃、裝模作樣的，也很礙眼。」北御前唇笑眼不笑地回道，手中長槍反手一揮！

陰月華立刻飛起，飄然後退。

北御前身影一晃，轉眼追擊到她面前……

「鏘！」

黑長色槍與金色權杖再度交擊。

陰月華心裡一驚。

北御前的速度好快！

然而不及她細想，北御前手中長槍再動，攻擊而來，陰月華輕巧一躍，飛身上空。

好機會！

北御前立刻追上空。

飛身上空的兩人，宛如化為兩道流光，在空中不停交錯，長槍與權杖「鏗鏗鏗鏗」的交擊連聲不輟，一時之間，兩人打得旗鼓相當。

而神魂力的威力，也隨著連綿不斷的鏗鏘聲，形成一道道宛如狂風的威力，席捲天上地下。

實力在天階以下的魂師與武師，耳朵聽著鏗鏗的交擊聲，聽似不響，但一聲聲震入神魂，他們也隨之一個個站立不穩，完全憑本能想以魂力對抗魂力，七孔卻汩汩流血。

看見周遭人的情況，端木玖和端木傲同一時間動作，身上魂師印浮現。

「撼天！」

「驚虹！」

雙鐗和雙劍，同時發出天魂技，合併招式，擊向天際！

「崩……」

第六十九章 太難打的烏龜殼

目標看似天際，其實想擊中的，是陰月華的領域。

空中無形的邊界，發出一聲低低的響聲，彷若流水波動般閃動了幾下，瞬間又平息。

端木傲和端木玖同時眉一挑。

「果然打不破。」端木傲並不太意外。

「神階的烏龜殼，挺牢固的。」小玖一臉遺憾。

雖然沒打散領域，但卻把自空中反震的神魂力打散了一些，給了底下的魂師們一點喘息的空間。

小狐狸懶懶地朝天空瞄了一眼，「呵」了一聲，對這種程度的領域簡直不忍直視。

……太差了。

感覺到小狐狸的評價，小玖默了默。

正與北御前對峙的陰月華竟然有空回了下頭，發現他們的舉動，忍不住笑了兩聲，「兩個天階，就想破開我的領域，是不是太異想天開了點兒？」

「很快就有三個天階了。」端木風立刻說道，萬分遺憾自己沒有和小玖與四哥

站在一塊兒。

這道神殿的門，太礙事了。

擋在門口的那些人，更礙事。

「四個。」石昊立刻追加，把自己加進去。

「五六七八九個。」姬雲飛加數，很省事地一次把其他人也加進去了。

「不自量力。」陰月華蔑視地看了他們一眼，但下一秒……

身為「三四五六七八九」個天階的魂師們，驟然發招，一道聖階加六道天階魂技，合力砸向擋著神殿大門的人！

「砰！」

「呃！」

「哇啊！」

「偷……」襲……

一陣哀嚎聲後，是一陣「咚咚咚咚……」的擊飛後的落地聲。

雖然端木傲和端木玖合招想打破領域失敗，但是神殿內端木風、姬雲飛這些人也趁機合招，一次就打散擋在神殿門口的所有人，傷的傷、倒的倒，還有直接飛出殿外的。

神殿大門前瞬間清爽無比。

「衝！」端木風一喝聲，所有神殿內的人立刻全數往門口衝去。

陰月華臉色一黑，權杖向下，往神殿門口劃出一道攻擊。

「轟！」

端木風、姬雲飛等人往外衝的動作臨時停住，並且立刻改成後退。

「轟……轟……」

權杖一擊，不只地面被掀翻，地上甚至竄出火焰，燃燒整個神殿大門。

想出大門，就得跨過火焰。

看到這種情況，端木風等人臉也黑了。

堂堂天魂師們，當然不怕火，跳個火簡直太簡單了；但問題是，透過權杖發出的這個火，可不是普通的火，陰月華還是個神階，這火焰隨便也能燒死天階沒商量。

要跳火，得有冒生命危險的覺悟。

「這個老女人打算困死我們了。」雷鈞有點咬牙切齒。

「老女人？」其他人默默望著他。

雷鈞內心有點囧，但是臉上保持面無表情的人設，「一不小心就把心裡的話直接說出來了。」話都說出來了，就算再不符合他平常厚道的性格，也得把這句話承認下去。

當傭兵的，就是這麼耿直誠實，嗯，很可以。雷鈞自我催眠。

英雄！

姬雲飛一臉驚嘆。

沒想到從小被稱讚穩重可靠的雷鈞也有這麼衝動少年的時候啊！

「很好很好。」姬雲飛一臉欣慰地拍拍他的肩。

「好什麼？」請不要用一臉欣慰的長輩表情對我表示讚賞，謝謝。

「我以為你都修練得不會罵人了，行事一下子從少年變成老人，只會穩重、穩

很好。」真是太讓人感動了。

天知道他家老爹每回在用「穩重可靠、舉止有度」來稱讚雷鈞，對比他做事隨意沒譜的嘆息，看得他有多蛋疼。

明明他隨意是因為靈活多變，發生什麼事都不會驚慌失措還可以隨機應變，這是反應機敏，才不是不可靠。

他家老爹太不懂得欣賞了。

不過現在好了，雷鈞也不是那麼「穩重可靠、舉止有度」呀，下回他老爹再嫌棄他的時候，他可以光明正大反駁了。

穩重，明明就是呆板懶得變通。

超可靠，人家他也很可靠好嗎？沒辦砸過老爹交代的事呢！老爹真不懂得欣賞。

「兩位，嚴肅點兒。」公孫憬簡直無語凝噎。

現在是討論穩不穩重和罵人的時候嗎？危機在天上啊！

「老女人」三個字讓陰月華陰森森地看了雷鈞一眼，沉聲喚道：「海魅！」

一道淡藍色的身影宛如巨人般，瞬間出現在陰月華身後，占據她身後的那一片天空，在地面上映照出一片陰影。

「鮫，神獸。」北御前只淡淡一眼，就判斷出魔獸種類和等級。

人身、魚尾，頭戴銀冠、一頭藍色長髮，白皙的面容俊美無瑕，半身藍鱗在晴空下反射出白金色的光芒，閃閃耀耀，而他略帶憂鬱的眼神，輕飄飄掃過下方的所

有人。

只這一眼，就讓人忍不住為之心揪了一下，還有好多人感覺到身體迸過一陣酥麻，有點發軟。

北御前皺眉。

雖然他不受影響，但是這隻鮫人的魅惑之力，真的挺強的。

小玖眨眨眼。

鮫人？美人魚？

她第一次看見這種生物，不是照片也不是標本，活的喲！

本著研究精神，看仔細點兒。

「鮫人！」端木傲語氣一沉，一手轉過小玖盯看的臉，只差沒捂住她的眼睛了。「別看！那是陰月華的契約魔獸。鮫人有天生魅惑之力，可能是眼神、也可能是聲音。」還有，形體。

端木傲想了一下，又在小玖耳邊補充一句：「也是因為契約了鮫人，能使用他的天賦之力，所以陰月華才會那麼……人見人愛。」這件事雖然大部分的人不知道，但是對他們這些世家嫡系子弟來說，算是心照不宣的秘密。

所以，不要以為陰月華真的是美到人見人愛、魅力無窮。

更不要以為一個看起來聖潔無辜長相俊美的鮫人，就真的聖潔無辜值得維護。

陰月華的魅力，主要用在男人身上。

但鮫人本身，卻是男女老幼皆可惑，無一例外。

端木傲絕對不想自家天真的小妹妹被隻魔獸給迷住了。

小玖一聽，還想轉過去。

端木傲又把她轉回來。

「不好看，不要看。」

小狐狸也在小玖肩上點點頭。

「不要被表象所騙，鮫人不好看。」小狐狸說道。「不過這種程度的魅惑之力，應該迷不了妳。」

他的小玖，沒有那麼容易被人迷住。

那個鮫人，真的沒什麼好看的。

要看的話，看他就好。

狐比較帥。

「我只是有點好奇，鮫人長什麼樣子而已。」小玖有點無語。

四哥和小狐狸要不要像防賊一樣擔心得那麼多？

她哪有那麼容易被迷住。

陰月華冷笑一聲。

「海魅。」

「嗯。」鮫人對陰月華點了下頭，接著以一個游動的動作，整條鮫身往下一竄，滑過神殿大門。

水藍色的光芒瞬間澆息了神殿門前的火焰，光芒又灑過被打飛的陰家、歐陽家等眾子弟。

鮫人海魅的身形，再度回到陰月華身後，憂鬱的眼神再往下一望，像在找尋

什麼。

但又什麼都感覺不到，雖然多看了小狐狸兩眼，又隨即別開。

「咦？」

「不痛了？」

陰家這邊眾子弟們你看看我、我看看你，驚訝地發現，不只自己傷口不痛了、站起來沒問題，甚至還覺得體內有充沛的魂力。

「呵。」還有一些子弟們，則發出輕笑聲，舒展筋骨。

「呃?!」姬雲飛等人瞪直眼。

原本受傷的人恢復了、昏迷的人醒來也就算了，那些發出輕笑聲的人，身上或多或少都有些異變。

有髮色變了、瞳色變了、耳朵長了、手指長出長甲，還有面貌變醜、變妖媚的都有。

「反契約。」端木風腦中靈光一閃。

姬雲飛等人面色一沉。

被魔獸反契約的，不只是陰家子弟，還有少部分歐陽家子弟，以及其他散修魂師隊伍。

而且這些被反契約的魂師，實力似乎比之前更加強大。

「領域內，神獸祝福。」立在半空中的北御前說道。

端木風、姬雲飛、端木傲等人，臉色齊齊一沉。

本來在領域內他們的實力就受到壓制。

現在好了，敵人不但實力恢復，甚至還被加乘，真是——非常「好」的形勢，好到讓人想痛哭流涕。

北御前看向領域外的眾人，「立刻離開浮島、離開山谷。」

「可是……」這樣會不會太沒道義？

「退。」稍微有見識的隊長們，臉色凝重地道。

「那他們……」那些被困在領域裡的人？「怎麼辦？」

隊長們面面相覷了一會兒。

就算他們想救人，也做不到，他們剛才試過了，他們根本打不破這個領域。

雖然很無能，他們也得牙一咬，認了，「離開山谷，才能找救兵。」

「撐著。走！」前一句，是對領域內的人的提醒；後一句，是針對自己的隊友們。

這個老女人的作為真的引起他們的憤怒了。

誰要臣服於一個野心勃勃、以大欺小、陰謀詭計、又好男色的女人啊，就算她是萬餘年來終於出現的神魂師也不行！

部分長得比較好的男性魂師心裡還暗搓搓地想：他們才不想哪天走在路上莫名其妙就變成老女人的第N房男妾。那絕對不行！

他們現在打不過這個老女人，連救人都做不到，所以他們能做的，就是搬救兵。

一定要找人來收拾這個老女人。

抱著這種信念，幸運沒被困進領域內的小隊們不再猶豫，全數撤離。

領域外的人很忙，領域內的小狐狸，正在神識裡對小玖解釋——

「在神階神獸之中，鮫人本身的攻擊力並不算強，攻擊也不是牠的強項。鮫人最擅長的，除了魅惑之力、水族天生的馭水之能，再有就是療癒之力，與小範圍給予臣服於牠的魔獸祝福之力。

「這種祝福之力不算強，頂多增幅魔獸的威力兩、三分；魔獸本體實力愈強者，鮫人的祝福之力就愈弱。如果魔獸本身的血脈高出鮫人許多，鮫人的祝福之力就完全沒用。不過在神階領域之內，用在這些人身上，還是很有效的。」至於療癒之力，不用多說明，光看名稱也猜得出它的作用吧。

小狐狸說到這裡，特別加上一句強調——

「對我來說，這種祝福之力，比雞肋還雞肋。」就算附加在他的敵人身上，小狐狸也完全不放在眼裡。

前面小玖聽得很認真，最後面這句一說，小玖差點笑出來。

連忙空出手摸摸小狐狸，努力收攝唇邊的笑意，一本正經地說：「我知道，你很強……」

「知道就好。」小狐狸滿意。想了一下，他又提醒：「小玖，妳要快點解決這些人。」

「怎麼了？」小狐狸的語氣不對。

「北御前，是放開對自己的魂力禁制，恢復神魂師的修為，但是修為的恢復，讓他對身上詛咒的壓制……」小狐狸還沒說完，小玖的臉色就變了。

詛咒爆發的後果，不用小狐狸多說，小玖也明白。

要在壓制不住之前，重新再封住詛咒之力。

看著上空，神魂師對戰，她插不進手；但是神殿內外這些人，她還是可以應付的。

不過，怎麼打破神階領域逃出去，是個問題。

小玖考慮著，抬頭看立在半空中的北御前。

北御前朝她點了下頭，手中的長槍突然化為一道黑色流光，向高空竄去。

「海魅！」陰月華出聲，等同命令。

海魅水藍色的身影頓時也化為一道流光，朝黑色流光追竄，只可惜慢了一步，黑色流光重重刺向無形的領域邊界。

「轟……」

無形的領域一陣震盪，連帶整座島都搖晃起來。

北御前立刻招回長槍，眼神一冷。

「沒想到妳能把神階領域，將整座浮島連在一起。」領域一破，浮島也就立刻掉下去了。

浮島一掉，所有人都得跟著掉下去，就算會飛天也沒用。

「呵呵……」陰月華衣袖一揮，姿態曼妙。「本座既然出手，自然不會讓你們有機會逃掉。」

至於那些逃掉的……呵，若不是她一開始就沒打算殺掉所有人，他們早就死了。

「不過是神魂師，妳當真以為自己就天下無敵了嗎？」北御前冷笑。

陰月華挑眉，不語。

但是她微笑的神情明明白白寫著：她就是那麼想的，身為神魂師，她就是天下無敵。

「愚蠢。」再多看她一眼，北御前覺得自己會掉智商。

「是不是愚蠢，你很快就會知道了。」陰月華舉起權杖，引動空中雷電，用力向前一指，「審判─天罰！」

一道白色光芒，挾帶雷電之力，直接劈向北御前。

北御前飄然後退，然後旋轉手中長槍，直接導開那道白色光芒，然後反手就是一記反擊。

黑色長槍恍若發出一記長鳴……

「吼……」

由槍尖疾射而出的神魂之力，直擊陰月華。

陰月華一步也不退，同樣揮動權杖，想要直接擋開那道神魂之力。

但出乎她意料的，權杖不但沒有擋下那道攻擊，反而被那道神魂之力擊得退向自己，讓她整個人被擊得飛退。

「啊！」

「主人。」海魅及時托住她的身體，止住她被飛退的事實。

陰月華簡直不敢相信這個事實。

她的魂力，竟然不如北御前?!

天魂大陸的環境，不會允許高於神階的修練者出現，就算北御前真正的實力不止於此，但現在、在這裡，他能發揮的實力，也就是名神魂師。

神魂師對神魂師，她怎麼可能一招就敗?!

「你的魂力……不，不對，你不只是一星神魂師！」只有這個原因，才能解釋為什麼他的魂力比她強。

「呵。」北御前哼聲一笑。「妳的話太多了。」話聲才落，北御前已經出現在陰月華面前，長槍旋即橫刺而來。

陰月華與海魅隨即化成海面浮影一般，在空中留下幾道漣漪般的波紋，一人一獸瞬息不見。

長槍刺空，陰月華與海魅已經出現在另一邊。

「審判！」陰月華再度舉起權杖，卻在還沒落下時，就被閃身而來的北御前擋住。

長槍擋住權杖，讓權杖上的魂力無法攻擊出去，北御前同時一喝聲：「神風無窮！」

長槍上頓時出現一道龍捲風，將權杖捲上空。

陰月華一時不防放開手，就立刻追著飛高，以最快的速度將權杖重新握在手裡。

「天罰！」陰月華回身，權杖順勢朝北御前頭上揮落。

北御前腳下移動，「天罰」的神魂之力直接墜落到神殿的地面上，讓神殿一陣搖晃。

「隆……！」

對於神殿會不會被劈壞，北御前完全不擔心，陰月華卻擔心地看了一眼，發現神殿只是晃一下沒倒、也沒打到自家子弟，頓時鬆了口氣。

但是看著姿態從容的北御前，內心的火氣就撲撲冒更大，飛身舉起權杖就又打向北御前。

這次她只往空中打，不往下，而且是連續不斷地攻擊。

「鏘！鏗鏗鏗鏗……」

北御前雖然次次及時擋下，卻沒機會再引陰月華打到自己人了，有攻有守，兩人誰都不肯退，也拉不開距離。因為距離太近，原本能引發巨大威力的魂師技完全發揮不出來，但是近距離的交擊和魂力的反彈，在兩人周邊不斷形成一股股神魂力氣旋，讓兩人一時間進退不得，能活動的區域愈來愈小，但是誰都不能停手，也不肯停手。

誰停，誰就輸了。

誰要輸給這個老男人（老女人）！

神殿一晃，端木風等人立刻就近扶牆抱柱手牽手，以免跌倒。

「呸！咳咳咳咳！」神殿地面被打爛了，神殿內一陣沙瓦亂飛、煙塵瀰漫。煙塵落到身上頭上，灰頭土臉，自認是翩翩佳公子的姬雲飛簡直要暴躁。

但是現在他不能暴躁，得忍。

誰教他打不過神階，還不是神魂師。

理智上姬雲飛是這麼勸告自己的，但是實際上——忍不了。

「阿昊，我想打人。」打不到上面的神階，就打下面的這些。

「打。」石昊只一點頭，完全不管周遭的小伙伴要不要行動，身形一動就衝過去，直接給自己剛才挑的對手——歐陽明寬一刀。

姬雲飛：「……」不是，他只是一時氣憤隨便喊喊，不是真的現在就要打，至少得擬定個戰略啊！

戰略？不存在的。

石昊完全沒有想到這兩個字，一旦動手，他眼中只有一個目標：打倒眼前的敵人。

歐陽明寬飛身後退避過，低喝一聲：「鎧化。」

「吼……」

一聲獸鳴，歐陽明寬身上魂師印一閃，橘紅色鎧甲上身，右手握拳凌空一擊，轟向石昊。

石昊不閃不退，直接舉刀劈開拳印，整個人就追擊了過去。

見兩人開打，陰星全同時下令：

「鎧化，攻擊！」

「吼、嗚、啾、咻、吱……」

擋住神殿大門的陰家子弟們眾人身上同時顯現魂師印，幾百道光芒一閃，數百聲獸吼同時響起，緊接著各式鎧甲上身，眾人直接朝端木風等人撲擊而去。

「鎧化！」雷鈞沉聲一喝。

數十聲獸鳴同時響起，接著轉眼化為數十種戰鎧上身。

「衝！」姬雲飛接著喊。

眾家子弟領著小隊成員，立刻迎戰，而且一出手毫不留情，只想以最快的招式、最短的時間，置敵人於死地。

而姬雲飛等人帶領的隊伍目標不同，他們只急著往前衝，不急著殺人，只要對手一後退，他們就往前衝，哪怕只有一步，他們都沒放過。

同一時間，在神殿外的人以端木傲和端木玖為首，和以陰家、歐陽家為首的隊伍也打成一片。

端木傲的雙鐧不停揮動，小玖的劍同樣橫掃四周。

他們的目標，是清空神殿門口的人，讓裡面的人能順利出來。

端木風的速度最快，席捲無數擋在面前的敵人後，眼看就要衝出門口。

「海魅！」半空中正與北御前對戰的陰月華分心一喚。

海魅原本守在主人身後，現在一聽喚，不必主人多交代，他整條魚身再度化為藍色的流光，繞過陰家、歐陽家等眾子弟所在之處。

藍色流光一繞身，所有受傷的人，傷勢瞬間復原。

姬雲飛：「……」作弊呀！

本來打傷對手，正想衝出去，就這麼被瞬間復原的對手又擋了下來的雷鈞：

「……」這還怎麼打？

治好這些人，藍色流光並沒有回到空中，反而竄向門口，在端木風即將踏出神殿的那一刻，擋在他面前。

端木風整個人挾帶風勢，不退不閃直接擊向海魅。

海魅同樣不退不閃，一人一獸直接相撞……

「砰！」

端木風後退好幾步，海魅同樣退了兩步。

端木風以極快的速度，再度衝向前，海魅一甩尾，再一次擋住端木風，兩人再度相撞，又「砰」一聲。

端木風後退好幾丈，海魅身上藍光一閃，落到地面上時，已經化出雙腿，變成一名藍袍藍髮的人形。

端木風再次飛身攻擊，海魅手一揮，一股雄渾的氣勁，很輕易地，再度打退端木風。

連續三次被打退，端木風的神色卻淡定自若，繼續向前攻擊，並且悄悄加快了速度。

海魅一次次回擊，端木風卻絲毫不見疲憊，攻擊的速度愈來愈快，最後快得整個人都成了虛影，讓人根本看不清楚他的身形，這讓一次次打退他的海魅皺起眉。

鮫人的速度也算強項，但並不是最強，可是端木風的速度，卻只會愈來愈快，而且不受神獸威壓的壓制。

在這之間，石昊已經打趴擋著他的人，第一個趕到端木風的位置，兩人不約而同，同時攻向海魅。

海魅「哼」了一聲，面對所有人，張開口——

「啊……啊……」

069 第六十九章 太難打的烏龜殼

高分貝的清亮唱聲，頓時止住了現場的殺伐之氣。

明明不尖銳的聲音，卻讓人聽得不由得迷了神。

不分神殿內外，眾人正在交戰的動作為之一頓，耳朵瞬間失聰！

第七十章　神獸真難打

神殿內外的交戰宛如瞬間靜止，但上方空中的對戰卻完全不受影響。

「鏗！鏘！鏘！鏗！鏘……」

北御前手中的長槍與陰月華的權杖的交擊聲不斷傳來，看似簡單、不激烈的交戰，卻在每一次魂器交擊時，散發出懾人的氣勁，一陣又一陣。

若不是兩人一直在空中，這些交擊的氣勁自動往四周散開，減緩了強度，否則這座有點崩壞的空島，一定加速崩壞。

海魅的聲音一出，小狐狸就在識海裡說——

「是鮫人的天賦技能，鮫音惑。」

「這種天賦一聽起來就讓人不喜歡。」小玖的意念動得比說話更快，隱在她身側的「流影」九劍其中之一，直接射向海魅。

海魅早就發現了，卻不以為意。

區區一把魂器，不可能破開他的獸體防禦。

所以海魅一點也不擔心，甚至連閃避都沒有，口中的音節依然在繼續：

「啊……」

眾人的身體再度不受控制，僵硬地頓住。

「流影」飛射而至，卻在海魅後背遇上無形的阻力，劍身就停在半途，無法再往前。

小玖一步向前，身影頓時穿越數十丈的距離，親手握住流影，推劍向前……

「啵！」一聲，無形阻力頓時消失，「流影」直接從後背刺中海魅。

「啊……」一受痛，海魅氣勢一震，震退小玖的同時，驚訝地回過頭。「妳的劍……」唔，五星等級？「神魂器?!」海魅驚訝，也不太高興。

他竟然沒看出來，害自己流血了！

海魅沒有包紮傷口，後背上流血的傷口卻開始止血自動復原了。

端木玖沒有開口，朝海魅再度揮劍。

海魅不以為意，手一揮，龐大的氣勁朝端木玖掃了過去。

這股氣勁，輕易阻擋了端木風，對付她當然也……

對付她，當然也……

「不在話下」四個字還在心裡想著，端木玖卻無視他發出的氣勁，手中的「流影」，再一次刺入他胸口。

「呃！」海魅悶哼一聲，身體的防護本能再一次反擊。

小玖卻在一劍刺中後，立刻抽身後退，退出被反擊的距離。

「我就知道。」她咕噥一聲，就揚眉看著他，「雖然你的護體技能很厲害，但是反擊不中敵人，就沒用了。」

「不需要有用，只要擋住你們就可以了。」海魅沒有張口，但大家都聽見他在說話。

「我也不需要殺死你，只要讓你流流血、沒空就可以了。」小玖突然笑咪咪的，海魅突然覺得不對，立刻轉身。

兩道人影卻在他轉身的同時，就由神殿內衝身而出，他立刻要阻擋，小玖卻一閃身，「流影」擋在他面前，再猛然一揮。

海魅不得不退開。

流一點點血雖然不會有生命危險，但能不流血，鮫人絕對不會讓自己流血。

這一步退，就讓端木風和石昊順利跑出來了。

還在神殿內的姬雲飛等人：「……」可惡，他們竟然慢了一步。

神殿大門已經再度被海魅召來的眾子弟擋住，他們只好繼續……打！一定要打出去！

衝出神殿，端木風和石昊立刻轉身要攻擊海魅——這隻鮫人這麼危險，不能放小玖一個人應付，讓他來！

兩人的心思，瞬間同調了。

但是還沒出手，就被小玖擋下來，「他交給我，你們去幫其他人出來，一起打破領域。」

「好。」化身「小玖迷」的石昊，對她的話一點遲疑也沒有，轉身就朝神殿外的歐陽家子弟打了過去。

經過歐陽明寬後，石昊覺得歐陽家子弟很好打，決定要多打幾個。

端木風卻看著她。

「放心，我會小心。」小玖對著哥哥一笑。

端木風點點頭，朝著端木傲的方向，轉身大步一跨，將魂力凝聚在周身形成一股氣旋，隨著他的前進擴張四散，將想擋住他的人一個個掀飛。

海魅看著小玖，面無表情的臉上終於出現隱隱的怒火，他沒有開口，聲音傳了出來，「一個連魂力都沒有的人類，敢挑釁我，妳很有膽。」

「沒有魂力沒關係，只要打傷你、讓你流血就行了。」小玖一點也不受刺激，對著手中的劍，相當引以為傲。

一等魂師。

對別人來說是很丟臉的魂師等級。

但小玖表示：她真的一點也不介意。

她活在世上，依仗的從來不是他們眼中的魂力；不過該糾正的話，還是要糾正，「還有，你說錯了，我有魂力。」

「就那麼一點點，幾乎等於沒有，也叫魂力？」

「一點點也是『有』，跟『沒有』是兩回事。」小玖看了他一眼，然後有點傷眼的表情轉向小狐狸，特別「悄悄話」地說：「我沒想到，鮫人竟然那麼愛和人爭辯，也會耍心機想氣人耶。」

「呵。」小狐狸不屑地看了海魅一眼，海魅莫名覺得全身一抖。

他現在才又注意到，端木玖肩上一直趴著一隻小狐狸。

就算這隻小狐狸再弱小，他也不可能無視一隻魔獸；可是他和端木玖打了好幾招、剛才在半空中他也看見她了，卻一直忽略掉這隻小狐狸……

這不合理！

除非是這隻小狐狸弱到足以讓他忽略。

雖然海魅認為應該是這個理由，但是不知道為什麼，又覺得有點心驚膽跳，直覺惴惴的。

「小聰明而已，不值一提。」小狐狸在她腦海裡說道。

在他眼裡，魔獸不以實力對敵，轉而學人用心機、耍嘴皮，就是一種墮落。

這隻鮫人果然是跟老女人在一起久了，臉皮也練得跟人族一樣厚！

「他是妳的魔獸？以妳的魂力，竟然有魔獸願意跟妳契約?!」不是海魅故意找話題，是真的很吃驚。

作為魔獸，對於實力的追求比起人族更是有過之而無不及。

就算要被契約，也要選一個魂力足夠強、至少比魔獸強的人族作為契約者，誰會去選一個一星魂師?!

魂階低下，就算她能表現出超越天階的戰鬥力，對魔獸來說一樣沒用。

「我也很挑的，你以為隨便一隻魔獸都能和我訂下契約？」小玖挑眉，表現出傲氣的一面。

海魅驚訝地看著她。

這個弱小的人類雖然能傷他，但還沒有到能讓他想警惕的程度，所以他沒有把她放在眼裡。

而且她看起來軟綿綿的，一點威嚇的氣勢也沒有，不像他們魔獸一昂身，自然而然就流露出霸氣。

所以即使受傷，他依然沒有把這個弱小的人類放在眼裡。

倒想不到這個看起來軟綿綿的弱小人類，也敢挑釁他了。

不對，她的膽子本來就不小，看她對他的主人就知道了。

「那麼，讓我看看這隻被妳看上的魔獸到底有什麼本事。」話聲一落，海魅氣勢一沉、猛然向前，伸手朝小狐狸抓去。

小玖身形挪移，及時拉開距離，沒被他散發出的氣勢定住。

海魅再一次驚訝了。

被一個神階魔獸盯上，最輕微的反應也會感覺到壓力襲身、難以動彈，她居然一點也不受影響。

這不正常。

「妳……」

海魅還想開口，卻看見小玖手中的劍已經反擊到他面前，「你的話太多了！」

冰冷的劍鋒，以迅雷不及掩耳的速度，掃向海魅的咽喉……

「錚！」一聲。

「流影」沒有順利劃過海魅的咽喉，而且宛如撞上什麼鐵板般，發出錚然的撞擊聲。

海魅不但沒避開、也不反擊，就讓劍直接砍上來，偏偏傷不了他。

他勾起唇角，才想笑一笑這個弱小人類的無能，但笑意來不及擴大，就聽見第二聲──

「錚！」

又一把「流影」，撞在他的咽喉上。

雖然毫髮無傷，但是海魅覺得自己被冒犯了，臉上怒容才現，就聽見第三聲：

「錚！」

海魅怒了。

趁著兩人距離相近，伸手就要以牙還牙，扼住她的咽喉。

但是……「錚！」

又一聲。一模一樣。

他伸出去的手被一把劍擋住，海魅一愣。

她竟然還有護身的隱形飛劍?!

小玖看了眼他藍藍的整隻手、和長長的尖指甲，忍不住嫌棄：「醜。」

海魅簡直要暴怒了。

「妳到底有幾把劍?!」

「不告訴你。」

「錚！」又一聲。

再一把劍，同樣沒能破開鮫人的身體，小玖眨了眨眼。

神獸果然皮粗肉厚。

海魅冷笑，「妳以為，妳真的可以傷吾。吾不過……逗著妳……呃?!」

四柄長劍瞬間合一，海魅猝不及防，連退後都來不及，被「流影」劍劃過胸口，鮮紅色的血頓時從長形的傷口中噴出來。

「哧。」

小玖一擊成功，手腕一轉立刻追擊。

海魅回過神，瞬間後退閃至空中，小玖立刻追擊而上！

傷口的血不斷直流，海魅不得不先止血，只能一直避退，等他止好血……血止不住！

他的自癒能力，沒有作用?!

意識到這一點，海魅冷淡高傲的表情終於龜裂，抬腳凌空一晃，瞬間回到主人身邊。

空中，陰月華和北御前還沒分出勝負。

不過陰月華也看出來了，雖然不想承認，但北御前的戰力的確比她強；只是不知道顧忌著什麼，沒有完全發揮全部實力。

持久戰，對他不利。

想通了這一點，陰月華不急著打敗他了，反而招招以退避為主，保留魂力，想以最少的損耗方式，讓北御前自取滅亡，所以和北御前一來一往，戰況始終不分高下。

但是海魅突然退回，她臨時改變防守的姿態，持著權杖反擊一揮，逼得北御前退開的同時，也拉著海魅往後退。

「怎麼……」陰月華轉頭，才一開口，就看見海魅胸口上的傷，她立刻將魂力透過權杖輸入他的身體裡。

海魅胸口上的傷口，以肉眼可見的速度，一吋吋癒合了。

端木玖也在這個時候躍至半空，來到北御前身邊。

「北叔叔？」他的氣息不太對。

「沒事。」北御前如常微笑。

下方的戰況，在端木風三人衝出神殿、海魅無暇護持後，很快呈現出明顯的局勢。

沒過多久，姬雲飛等人也一個個衝出神殿，與神殿外的端木風會合。

傷勢一好，海魅恢復魚尾的原形，守在陰月華身邊。

從半空中低頭看見下方的戰況，他伸手一揮，那些倒地的陰家子弟再度站了起來，繼續堵住神殿門口，不讓其他人逃出去。

「真是沒用。」陰月華也看到下方的戰況了，卻一點也不為自家子弟的死傷感到難過，只覺得惱怒。

在她的全力支援下，竟然還是沒擋住這幾個人，只擋住那些實力低下的魂師有什麼用？

「海魅。」陰月華沉聲一喚。

海魅心神意會，立刻開口：「啊……」

懾人神智的語調一出，所有人動作一頓。

「神罰！」陰月華權杖一揮，一道白色如閃電狀的光芒，立刻朝端木風等人劈去。

端木玖臉色一變。

「流影！」三把飛劍疾追。

「鏗！」一聲，流影劍及時打散了光芒的後三分之一，其餘三分之二直接砸向

端木風等人。

「砰！」

「呃！」

「噗……」

端木風、端木傲、姬雲飛、公孫憬、雷鈞五人被砸得飛開，重傷吐血。

趁人傷、要人命！

陰星柔、陰星銘隨即偷襲。

「喵嗚！」

「吼！」

「哼！」本來追著歐陽明寬打的石昊立刻回防，一刀、一踹，被靈貓和被獅王獸控制的兩人被踹飛。

「阿昊……」緩過氣的姬雲飛，唇邊還有血跡，臉上卻一笑，「總算你有良心。」沒眼睜睜看著哥兒們沒命。

石昊面癱臉，「領域，鮫人。」

兩個問題不解決，他們一樣很危險。

至於陰月華，交給北叔叔就成——就算對北御前不熟，但是衝著端木玖，石昊給他百分之兩百的信心。

領域不打破，他們逃不出去。

鮫人在，以陰家為首的魂師們只要不死，重傷就復原、重傷就復原——他們就是再有體力魂力，也會打到暈倒的。

「沒辦法。」姬雲飛一臉苦苦的笑。

「合招，硬闖。」公孫憬說道。

就算攻擊神階領域會波及整座浮島……那就波及吧！

摔死，也比等死好。

「試試。」一句多餘的廢話都沒有，雷鈞立刻同意。

抹掉血跡，六人身上同時浮現魂師印，合招擊向空中。

「轟……」整座浮島再度震盪。

浮島下方有落石掉下的聲音更明顯了。

結界受到衝擊在震盪了幾下後，又恢復平靜。

「真是天真。」陰月華忍不住笑了。

以她的神魂力催動權杖設下的結界，如果被他們幾個一擊就破，她還算什麼神階？

「那麼，這個呢？」北御前淡淡開口說道。

陰月華猛一回頭，就看見北御前的槍尖，疾速刺到眼前，她反射以權杖一撥……

「錚！」

「哧……！」

權杖及時撥開長槍，但是槍尖卻應勢下滑，在陰月華肩上劃出一道血痕。

「唔！」陰月華左肩一痛。

同一時間，所有人感覺身上一輕。

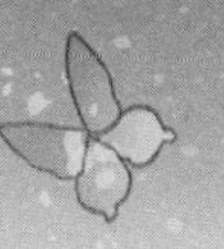

因為身在領域內的被壓制感，頓時減輕，連身上的魂力都跟著活躍起來。

小玖眼神一亮。

空間的束縛感，變弱了！

因為神階而布出的領域概念，小玖還沒有很懂，但是如果代換成空間的概念，她馬上就明白了。

甚至因為領域的波動，她可以感應到，哪個方向的壓制最為薄弱。

神魂師的領域，好像、也不怎麼強嘛！

「這個是例外，同樣是神魂師，魂力強弱也是有區別的。這個老女人的魂力不怎麼強，領域也很弱；如果換成是北叔叔，他的領域會很穩定，足夠把這裡所有的人困死。」小狐狸說道。

這個老女人，才只能壓制別人三成實力呢！真的弱爆了。

不過在天魂大陸，這種實力也夠騙吃騙喝夠嚇人了。

北御前一擊成功，立刻退了回來，偏頭看向小玖。

「明白了？」

領域打不破，換打人啊！

領域也需要魂力支撐，如果布領域的人自顧不暇，領域對其他魂師的壓制自然就變弱。

「嗯！明白了。」小玖眉眼笑笑。

北御前滿意，撫了下她的髮。

「她交給我，妳帶他們先走。」

小玖猶豫一下，就點點頭。

「好！」說罷，轉身飛了下去。

同一時間，陰月華肩上的傷口已經被海魅治癒，抬頭舉起權杖就要反擊，卻沒想到北御前已經無聲無息來到眼前，長槍對著她一掃！

陰月華權杖一擋，身體同時後退。

「鏘！」

長槍抵著權杖，北御前不退反進，直接向前追擊，陰月華整個人連著權杖被震開。

「呃！」

身後海魅立刻飛身抱住陰月華，低「哼」一聲，一掌揮出，在半空中形成一陣水形波浪，湧向北御前。

北御前立刻飛身後退。

陰月華舉起權杖，在水形波浪上，疊加一擊：「神罰！」

權杖發出白色光芒，疊加在水形波浪上，兩重神魂技驀然合而為一，猛然擊向前……

「嗯?!」北御前發現不對，橫槍一擋，然而白色光芒的雷電之力卻有部分已竄入他的身體裡。

雷電之力入體，北御前體內的魂力自動防禦反制，雷電卻觸動壓制隱患的魂力，讓他體內的魂力一時失衡，氣血逆流。

「呃……」北御前保持立在半空中，唇角溢出血跡。

他面無表情，臉色卻更白了一點，內心震驚。

權杖的魂力入體，竟然和……相呼應?!

這支權杖的原主人……

陰月華見狀，揚唇一笑，再度舉起權杖：「審判！」

海魅同時揚手，兩招魂技再度合一，擊向北御前。

北御前凝神一沉，手中黑色長槍化出一道虛影：「神行無懼！」

北御前一喝聲，黑色的長色虛影瞬間奔騰而出，直接迎擊「審判」，黑色虛影與白色光芒頓時衝撞在一起，氣勁一時凝滯。

海魅魚尾一甩，抱著陰月華迅速移位，陰月華舉起權杖，對著北御前再度一擊：「神罰！」

在白色光芒擊出之前，北御前卻一躍身，直接迎擊到她面前：「神行裂天！」

黑色長槍與權杖再度交擊，神魂技交迸，頓時衝擊北御前與陰月華，兩人同時重傷吐血，各自跌開。

與此同時，剛才凝結的氣勁突然散開，兩相合併之下，強烈的氣流瞬間席捲天上地下。

「轟……」

在下方的姬雲飛和雷鈞一看，忍不住臉色一黑——

「糟糕！」

「該死！」

這麼強的氣勁，他們根本避無可避。

正好一劍揮開一名陰家子弟的小玖，卻感覺到領域的異常。

「領域消失了！快離開這座空島！」喊完，不顧席捲而來的氣勁，小玖直接衝向空中。

「小玖！」端木風與端木傲見狀，兩人不約而同踹開身邊的人，追著小玖到空中。

石昊一看，立刻也跟上——姬雲飛想拉都來不及。

「阿昊！」立刻就想追上去——雷鈞及時拉住人。

「先護著他們走！」他們各自帶隊，好不容易神之領域自動消失，他們必須把握時間，讓隊員們先走。

這是他們身為隊長以及少主（少團長）的責任。

「總有一天我一定要揍阿昊一頓！」簡直無時無刻不讓人操心！

「我也想揍那兩個！」端木玨也很氣。

好歹先護著讓族裡的人離開呀！

「別只想著揍人，先救人！」雷鈞和公孫憬兩人撐起防護，擋下從空中一波又一波席捲而來的氣勁，爭取時間。

端木玨和姬雲飛只好化氣憤為力量，狠狠揍那些陰家子弟一夥人，讓自家這邊的隊員們趕緊下島。

氣勁迎面而來，小玖揮劍、身形幾次移轉，就到北御前身邊。

追著她的端木風、端木傲與石昊，卻被一波又一波的氣勁擋住。

「北叔叔。」小玖扶住他。

「怎麼不走？」不聽話。

小玖搖頭，「一起。」

「妳先……唔！」北御前想叫她先走，但是話還沒說完，他胸口一痛，鮮血再度溢出口。

「北叔叔！」

「呵呵。」陰月華的輕笑聲傳來。

北御前抬頭，看見毫髮無傷的陰月華，不由得皺眉。

神魂技硬碰神魂技，幾乎是兩敗俱傷的結果，她怎麼可能毫髮無傷？

陰月華卻又是一陣輕笑。

「想不通嗎？你忘了……我有海魅。」看著敵人在眼前吐血又氣怒、無能為力的樣子，實在是一件讓人很愉悅的事。

北御前點了下頭。

「的確是我忽略了。」然後立刻轉頭教小孩，「預估錯誤，發現敵人恢復力太強，該怎麼辦？」

陰月華挑眉。

拿她當教孩子的例子?!

可以。她倒想聽聽，端木玖會怎麼回答？

「打得她沒空恢復就可以了。」小玖的回答，完全簡單粗暴。

如果是別的地方別種情況，可能還可以迂迴、計謀，用更好的方法贏。但是現在，是在戰場上呢！戰都打超過一半了！都面對面、一對一了，還迂迴計謀？不用了，沒時間、來不及，直接打到底就對了。

「呵。」陰月華輕聲一笑，優雅地問道：「北御前，你現在還能再和我戰鬥嗎？」

北御前的回答是——一槍直接刺過去！

陰月華連忙側身又避退，差一點點又被刺傷。

「妳現在知道能不能了。」

北御前微笑，陰月華黑臉。

「找死！」陰月華真的生氣了！「鎧化！」

一直護在陰月華身後的海魅頓時化為一道藍色流光，投注到陰月華身上。流光閃過，陰月華身上披上一層水藍色的鎧甲，一手持金色權杖，一手握著一把水藍色的權杖。

隨著海魅鎧化，一股神階威壓，取代神階領域，沉沉地壓在所有人身上；還在往島外衝的人幾乎被壓制得當場跪下、無法移動。

「神之審判——神罰！」

兩柄權杖交叉、威力合併，往上射出一道耀眼的光束，接著有如天女散花般，四射而下！

「鏗、錚！」北御前首當其衝，卻不閃不避，舉起長槍，將朝他射來的光束全

數打散，整個人如流星一般，疾攻向陰月華。

「北叔叔！」小玖護身飛劍躍動，神階魂技的光束，也沒能打破「流影」的防衛；擋開光束後，小玖也追了過去。

「玄！」面對神魂技的攻擊，端木傲及時鎧化出防禦，護住自己、端木風與石昊。

雖然沒受傷，但是繼剛才的氣勁後，他們三人再度被這陣光束阻擋住，又沒及時追上小玖。

但是下方的人就有點糟了。

光束大面積地撒下，底下的人不分敵我，根本躲都沒地方躲，甚至連擋都擋不住，一時間，只聽見陣陣慘叫。

「啊！」

「呃……」

「少、主……救……」連喊救命都喊不全，直接倒下。

雷鈞、姬雲飛、公孫憬、端木玨、端木修等人受傷的受傷、救人的救人，看著自家族人一個個重傷、甚至沒命，鼻尖聞著不斷加重的血腥味，他們沒有空傷心抱怨，只能再快、再快一點，救人。

北御前追著陰月華，幾乎滿天空地跑，而陰月華也不知道怎麼回事，明明被追著打，卻還能「抽空」對著底下又放出兩、三次神罰。

雖然威力不強，卻讓人疲於應付，讓雷鈞等五人簡直想放棄救人，直接轉身追打她。

而本來緊追著陰月華和北叔叔的小玖突然停下來。

「不對。」小狐狸突然在識海裡說道。

「什麼不對？」

「島要塌了。」

「島要塌……」話還沒說完，就聽見「轟隆」一聲。

小玖一抬頭。

原本碧藍白雲的天空，不知什麼時候已經變成層層烏雲的昏暗天色，整座島晃動了一下。

姬雲飛想罵人。

「這又在搞什麼……」不要告訴他連空中的浮島都會有地震！

「島要塌了。」公孫憬沉聲道。

「……該死！」雖然被惹得好脾氣都沒了，但是姬雲飛還是立即明白這句話的意思。

一直在空中繞著飛的陰月華突然一躍步，就落到神殿前，轉身對所有人露出一抹悲憫的微笑——

「神座之前，沒有人可以放肆，沒有人可以不俯首。」金色權杖高舉，神殿宛如應和般，發出與權杖同樣的光芒，形成巨大的半圓。「違者，神之罰：所有人，同罪！」

半圓的光芒以神殿為中心，宛如炸彈般瞬間爆開，炸裂整座空中浮島……

第七十一章　山谷驚變

「轟隆！」

「啊！」「呃！」「哇啊……」

北御前落在神殿前，足踏弓步，反手一轉，長槍入地。

「碰……」

以長槍、北御前立足之處為基準，神之罰的光芒，完全被擋了回去。

震蕩的空中浮島，同時靜止下來。

陰月華不怒反笑。

「島會沉、你們會死，誰都不能改變這個結果。」

「妳的追隨者、妳的家族後輩們的命，妳都不在乎嗎？」北御前沉聲問道。

神殿外，到處有陰家、歐陽家、煉器師公會、附屬於陰家所有隊伍，或死、或傷、或還在戰鬥，都是為了她。

她的權杖，卻是無差別攻擊。

「既然追隨我，生死自然聽我的，死傷無怨、雖死猶喜。」

姬雲飛、公孫慬等人：「……」這老女人瘋了。

而且是很瘋。

這是很溫柔地教人去死啊。

簡直喪心病狂！

但是，偏偏這個喪心病狂的人，是天魂大陸多少年來都沒有再出現過的神魂師。

她一個念頭、一記神魂技，就算被擋下了，仍然給他們極大的壓迫感，讓他們難以自由動彈。

如果給他們時間，他們未必不能突破神階。

偏偏，他們現在還不是；再有天分、再被人稱為天才，他們現在，也只是「天魂師」。

這一刻，被讚為天才、到處被追捧的少年少女，都對自己的實力有一種難以言喻的失望。

還有更多不甘。

這種任人宰割的無能感，他們絕對不想要！

「妳想太多了。」北御前不客氣地打破她的自我滿足，「他們這種表情，像是死傷無怨、雖死猶喜嗎？」

不需要北御前特別指誰。

一眼望去，所有依附陰家的子弟們臉上的表情，有怒有怨有氣有愣有得意也有不敢相信、逆來順受……最後默默無語。

這麼多表情，有哪種是跟「喜」有關的？

如果這都能看成「雖死猶喜」，那是眼瘸吧。

但是陰月華也夠沉穩。

「至少他們很服從，而你們……」她的眼神，一一看過姬雲飛、端木玨等人，「準備好接受神之審判了嗎？」

她右手中的權杖，緩緩發出燦亮的光芒。

北御前眼神微瞇。

「就憑妳，還不配自稱為神。」

「在這裡，我，就是神。」陰月華微笑、昂首。

濃厚的魂力灌諸權杖，發出一道沖天的光芒，整座神殿隨之發出同樣的光芒，兩相合一，直衝入天。

無風湧動的雲層之中，隱隱閃過白金色的電光電芒，威力更勝剛才。

「神之審判・罰！」權杖劃下。

一顆比剛才的半圓更巨大的光芒球，如同滾雪球般，直接輾向北御前。

北御前抽槍、旋身，長槍凌空一轉。

「玄龍……震！」

長槍「啪」聲落地，由地面掀起一陣龍捲風，席捲至天上，與巨大的白金色光球正面衝撞，擦出的火花，一顆顆連成一片，眨眼間形成沖天火焰，在空中四散飛射。

火焰落地之處，地面一片枯黑。

所有人心頭一凜，眼神瞪直。

這什麼火，有點毒！

北御前手一震，長槍翻轉而立，在他面前形成一道無形護牆，將四散的火焰阻擋在外，才由眼尾瞄向一群看呆的年輕人——

「還不走？」

姬雲飛、雷鈞、公孫憬、端木玨等人回神，立刻說道：「退！」

原本依附陰家的人看到這種情形，有一部分人也悄悄跟著行動，想趕緊跳離空中浮島。

「呵。」陰月華輕聲一笑。「走得了嗎？」

聽起來很溫柔的聲音，卻讓所有人心神一愣，身不由己。

「哼！」擋完火焰，北御前長槍一掃，以魂力形成的攻擊立刻如光影飛速擊向陰月華。

陰月華權杖一揮，輕易擋開。

但是她剛才的笑聲被打斷，發愣的人已經清醒了過來，忍不住臉黑了、想罵人。

這是什麼狀況！他們愣個什麼東東呀?!

他們才沒有覺得剛才的聲音很迷人！他們對陰月華不感興趣！

他們會愣住絕對不是因為被迷住！絕對不是！

「你能阻止得了嗎？」陰月華再度開口，所有人忍不住會去聽她的聲音，想聽她的話。

「鮫人的音魅，的確很厲害，這群沒見識的年輕人抵擋不住，那就讓妳沒空說話吧！」北御前腳下一動，俯衝向前，一槍刺出。

陰月華躍身往後飄，退入神殿。

北御前追擊而入。

陰月華卻突然笑了，解除鎧化。

水藍色的戰鎧和權杖化為流光浮現。

「去！」

陰月華一聲令下，流光直接竄出神殿大門，神殿入口被破開的石門瞬間恢復原狀。

海魅重新現身在神殿入口外。

北御前追擊的腳步頓停，陰月華卻在這個時候反擊，一杖擊出。

「鏗！」

北御前長槍及時擋住，卻退後一步，力弱三分。

不對，是陰月華的力量變大了。

「別擔心那些年輕人了，擔心你自己吧。」陰月華手一使力，權杖的力量再重三分。

北御前整個人被推退一步，權杖的神力，隱隱壓制住長槍的魂力。長槍掙動著。

北御前握緊槍，眼神冷然。

「這股力量不是妳的。」

「錯了，現在是我的。」陰月華一笑。「神罰！」

雷電之力，直接擊向北御前，北御前整個人瞬間被擊飛。

「呃！」

◈

北御前一追進神殿內，小玖立刻就要跟上。

但是神殿內卻竄出一道流光，化出海魅，駐守在神殿前。

端木風、端木傲立刻站到妹妹身後，石昊慢了一步，也站了過來。

姬雲飛很想吐槽自家好友，但是現在沒有吐槽的時間。

經過剛才陰月華的使計，他們都知道對上神階，他們都沒有勝算，而且也應付不了陰月華層出不窮的手段。

還是做他們能做的事，快點把自己人撤走要緊。

海魅是明白自家主人心思的。

剛才領域外的人全逃了不要緊，但是這群被領域圍住的人，誰也不能跑。

現在這些人明目張膽在他面前要跑了，海魅只張開口——

「啊……」

高音域的音量，瞬間在島的四周形成一道牆……

端木玖、端木風、端木傲、石昊：「……」領域？

休想！

完全沒有商量，四人同時出招。

「流影！」

「衍天！」

「雙玄！」

「殺！」

四個人，四種魂技，同時打到海魅面前。

即使身為神獸「皮粗肉厚」，三道天魂技再加一道聖魂技打過來，海魅也不得不先行退避。

聲音頓時停止，領域也沒有形成。

姬雲飛聯合端木玨等人，指揮其他人繼續離開，並且加快速度。

「少主，你不走嗎？」商會的人不放心留下少主。

「你們先走，一定要離開山谷，我會追上的。」

「可是……」

「這是命令。記住，一出山谷，立刻放出求救訊號。」誰知道外面還有沒有陰月華安排的埋伏。

面對一個神階的敵人，不用怕丟臉，就求救吧！

同樣的命令，也發生在各公會與家族之中。

另一邊，繼四人同時出招後，端木玖、端木風、端木傲與石昊很默契地開始進行一人一招的圍攻。

單憑魂階和實力，他們的目標沒有放在打敗海魅上，那太不切實際了。

但一人一招接連不斷，讓他忙一點，沒空設領域也沒空唱歌還是可以的。

海魅很快發現他們的目的。

「狡猾的人類。」海魅再度腹語發音，恨恨的語氣。

「以大欺小的獸類。」端木玖立刻回敬。

「哼！」真以為這樣就能困住他？

海魅一揮手，數十道水藍色流光撲向四人，他們連綿不斷的攻勢瞬間出現破綻。

就這一刻，海魅立刻開口，一陣悲傷、卻宛如天籟的歌聲瞬間響起——

「啊啊……啊啊……啊啊……」

所有還沒有離開的人，同一時間摀住胸口，失神的表情不知道想到什麼，神情悲痛。

「嗚……」想哭。

但僅存的本能意識讓他們忍著，因為哭出來太丟人了！他們沒那種臉！

但是，好難過啊……不知道為什麼就是很悲傷……

端木玖：「……」一次看見這麼多大男人眼眶發紅神情皺得像橘子，這畫面有點挑戰審美觀。

幸好四哥和六哥沒有這樣，只是神情不愉、眉頭緊皺而已，看起來像憂鬱小生、不是陰鬱大叔。

石昊的反應就單純多了。

人家悲傷、他煩躁。

所以他拿著刀，一道道魂力就甩出去了。

統統砍海魅。

「吵！」

「難聽！」

完全嫌棄無比！

魔獸中以聲音優美聞名的鮫人：「……」簡直不能忍！

「啊啊……啊啊……」海魅的歌聲變得尖銳。

那些受到歌聲影響的人，開始互相攻擊了。

陰鬱大叔變暴躁大叔了！

而石昊的出刀速度——更快了。

端木玖：「……」這是化氣憤為魂力啊！

就在石昊的魂力快要用竭時，他身上突然浮現魂師印。

三星七角的亮光，就這麼多了一角的亮光。

三星七級，變三星八級了！

端木三兄妹：「……」聽過戰鬥中晉級，沒看過氣憤也能晉級的。

不過，看過剛才北叔叔一言不合從天階變神階後，石昊這種氣憤到晉一級的場面，好像也不是太嚇人。

但是姬雲飛：「……」內心一百隻草泥馬奔騰而過。

小伙伴剛才丟下他一個人上天了。

現在竟然又丟下他一個人晉級了。

這還是不是從小手牽手一起長大一起修練一起打架一起做好事壞事不離不棄的小伙伴了？

而且這麼一來，小伙伴現在就比他多了……三級。

他是不是，太不長進了點兒？會不會被嫌棄？

姬雲飛頓時有種危機感。

海魅的歌聲繼續響透整座島，因為晉了一級，石昊本來已經快要用竭的魂力，一下子又滿了。

他的刀光閃得更快更快了，簡直打得不亦樂乎。

一旁的端木風和端木傲只能見縫插針，從原本的合攻，變成兩人配合石昊的打法，免得破壞石昊的攻勢。

在尖銳的歌聲引導下，就這麼短短的時間裡，島上的人又重傷倒下三分之一。

海魅的歌聲突然一轉：「啊……啊啊……」

這是從尖銳氣憤，變成婉轉纏綿了。

沒有了戾氣，原本互相攻擊的人漸漸停了下，但是卻又開始默默悲傷起來，不自覺流淚。

端木玖、小狐狸：「……」

「這個鮫人的戲好多。」

「鮫人的天賦技能中，就這個最好用。其他的拿來對付你們，沒有什麼勝算。」

如果現在是在海上，鮫人能用的技能會更多一點，可惜現在是在空中，鮫人不占地利，可怕度至少降一半。

但就這一半，也讓這些人七倒八歪。

小狐狸內心嫌棄。

這些魂師們真弱。

「我好像不太受影響。」小玖有點猜測。

其實不只是她。

端木風、端木傲和石昊、姬雲飛他們，受到的影響也非常輕，基本上沒有出現想當場哭出來的表情。

「靈魂愈強悍、意志力堅定的，就愈不容易受到影響。」小狐狸簡單地說道。

在他眼裡，這些天賦技能，統統不夠看。

道理也很簡單。

他比這尾鮫人，可強多了。

血脈高、實力輾壓。

玖玖身為他的本命契約者，當然也不會被一尾鮫人操縱。

「要我出手嗎？」小狐狸問道。

本來他是想讓小玖多歷練一點、多一點實戰經驗，所以只在一旁看著。

但是，就這麼一尾鮫人，再加那個愛做作的女神階，這麼多人打不贏就算了，打了這麼久之後還輸得東倒西歪，真是太挑戰狐的耐性。

他和小玖相處的時間，不是用來這麼浪費的。

「不用。不過，為什麼這裡這麼多魂師，都沒有鎧化？」小玖現在才想到。

因為一直以來，她都沒有這種魔獸，魂師的戰鬥方式什麼的，對她來說並沒有什麼特別。

對待敵人，就是不管他鎧不鎧化，打倒他就對了。

但是現在這種戰況，魂師本身戰力不夠，鎧化應該可以增加一些戰力吧。

要是沒有神獸，那很多隻聖獸、魔獸什麼的，也可以湊湊量，發揮出來的總體戰力，應該會比現在強吧？

「魂師神智受到鮫音影響，不會想到鎧化、魂力也會受影響；其中少數幾個人，是契約魔獸正在進化中，呈現休眠狀態，沒辦法呼叫出來鎧化。」特別悲劇的是，能和鮫人對抗的、同為神獸的契約魔獸，都在休眠中。

這種巧合，小狐狸也是服了。

小玖：「……」真是天地不利、魔獸不合，難怪被打得東倒西歪。

「妳的這隻也是，還睡得特別久。」小狐狸又補充一句，語氣嫌棄。

「我的？」

「黑大。」

「……」完全忘了還有這隻。

好吧，想找魔獸當幫手的主意顯然靠不住，還是她自己來。

不知道「流影」合一之後威力夠不夠打一隻神獸？

啾啾。

小玖愣了下。

「焱？」

「啾啾！」

這次是真的有回應了，在巫石裡，焱在叫她。

焱醒了！

小玖一笑，立刻想到對付海魅的好方法……

「不許。」小狐狸阻止。

「為什麼？」

「聽到它的聲音，妳就只想到它，沒有想到我嗎？」小狐狸的語氣，醋很大。

「呃……」小玖心虛了下。「一時忘了……」一輩子的習慣，都變成她的本能反應了。

至於小狐狸……不是她忽略，而是沒有想過要動用他的力量。

萬一他又被雷追著跑怎麼辦？

「啾啾啾啾。」它才是玖玖的好伙伴，一直一直一直陪著玖玖，玖玖是我的，你走開走開。

「現在輪不到你。」

「啾啾，啾啾！」玖玖，放我出去，我要打他。

小玖：「……不要內鬨，現在很忙。」

焱和小狐狸都沉默。

「焱先待著，小玖，先解決這隻鮫人，再進神殿……」小狐狸還沒說完，神殿裡突然傳來一聲巨響……

「轟隆！」

整座神殿震了震，眾人看不見神殿內部的戰況，但是神殿上方，卻照射出一陣強烈的光芒。

接著又立刻歸於沉寂。

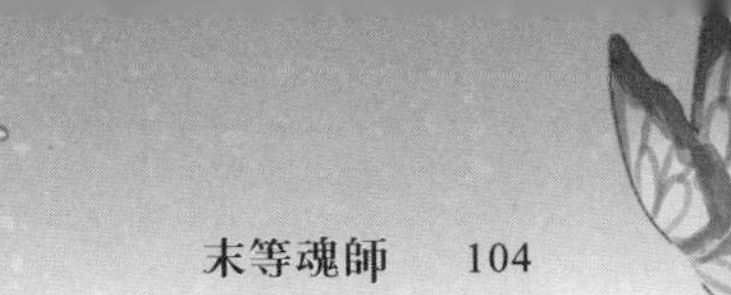

「北叔叔！」

剛才想把海魅解決掉的心思立刻丟開，小玖想也不想，身影一閃直接衝到神殿入口，對著被恢復原狀的石門，「流影」咻咻兩聲，掌心一推。

「砰。」

神殿大門再度倒塌，這次不是四角形，而是三角形。

小玖跨進神殿大門，就感覺到一陣白金色的光線，充斥整座神殿，強烈得讓人睜不開眼。

小玖眨了眨眼，適應這種光線後，就見一片光芒中，北御前長槍平指，身體側弓向前，那是防守、隨時準備進攻的姿態。

而陰月華則是站在王座前，以高高在上的姿態，手持權杖，直指北御前。

隔著十丈，兩人遙遙相對，明明知道有人進來，卻誰都沒有分心，只專注看著對方。

以眼睛看起來，兩人什麼都沒有做，只是這樣對峙、擺姿勢——這姿勢很可以給一百分。

但是實際上，一踏入神殿，小玖就感覺到一股讓人舉步維艱的壓迫感。

整座神殿大廳，充斥著無形的壓力與黏力，讓人連想走動一步，都有點抬不起腳。

小玖以魂力在周身形成一層淺淺的保護，那股壓力感頓時消失。

小玖眨了下眼，有點驚訝。

「是魂力對決。」小狐狸說道。

神殿內的壓迫感，是兩人以魂力相抗衡、兩個神階加起來的魂力，足以壓垮方圓至少百丈內的人獸事物。

若不是這座神殿本身的特殊，現在就不會還完好無缺，還把兩人的對決擋得一絲不漏。

小玖的魂力和一般人不一樣。

其他人以魂力擋魂力，只會愈擋愈糟糕。

除非本身的魂力勝過這兩個魂階，否則在兩股魂力對決時又插入另一股魂力，只會讓魂力更混亂，不是魂力強的直接壓過魂力弱的，就是三股魂力直接碰撞，產生更大的破壞力。

小玖的「專長之一」，就是無視各種力量。

小玖這個能力，在很多時候可以達到出其不意的效果。

萬一他剛好不在她身邊、她又遇上一個實力比她強悍許多的敵人，這就是一個可以保護自己的能力和致勝的方法。

想到這裡，小狐狸頓時有一種詭異的安心感。

不過，小玖沒問題，北叔叔不太妙。

「北叔叔要不好了。」小狐狸提醒。

小玖一聽，立刻看向兩人。

雖然憑空看不出魂力的強弱，但感覺得出來，而且兩人臉上的表情，也截然不同。

北御前凝神謹慎，陰月華卻輕鬆自若。

在神殿外時的對陣，北叔叔明顯比陰月華強，現在卻完全反過來了。這不對。

小玖沒有貿然出手，在仔細查看神殿的每一處後，最後把視線停在那張王座上。

小玖心念一動，流影一揮。

「咻……」劍光沒入空氣中，只發出一聲輕微的細響，就消失了。連一點浪花都沒掀起來，完全沒影響到對峙中的兩人。

小玖抬步，卻只向前走了兩步，就被無形的氣牆阻住，不能再踏向前。

小玖手臂微轉，試著揮劍，雖然手臂可以自由活動，但是劍能揮動的範圍很小。

而北叔叔所在的位置，看似近，她卻一步也靠不近。

陰月華轉頭看了她一眼，唇角明顯上揚。

「能擺脫海魅進來神殿，我該稱讚妳很有實力、還是該讚嘆妳的魅力？」魅力？小玖挑眉。

「能讓那麼多少年天才圍著妳轉，在這一點上，妳有資格當妳父親的女兒了。」陰月華柔魅地一笑。

雖然天魂大陸上只看實力不看性別，有實力的女人，被男人圍著轉很正常。但是陰月華這麼說，讓北御前聽得很不爽！

這是在說小玖的爹的那張臉比他的實力更高嗎？是在說小玖的爹很會用臉拐騙女人嗎？

真是不能忍！

「小玖跟妳不一樣！」

小玖的爹跟妳更是完全不一樣——不對，是陰月華根本沒有資格和小玖的爹並列在一起比較！

「哪裡不一樣？」

嗯……好吧，是有，也就是——比她年輕。

單純論美貌，她也不輸端木玖多少，但論起個人魅力，她自認絕對可以輾壓端木玖這個還沒有開竅的小女孩。

「妳得勾引，才有男人黏上妳；小玖不用。」

小玖：「……」雖然北叔叔說得這麼自信，但跟她比這個有意義嗎？又沒有獎品。

不對，就是有獎品也不比。

小狐狸：「……」誰敢隨便轉過來黏小玖，他一把火噴死！

北御前還特別再補充一句——

「再說，我家小玖，是很有格調的，不會追著男人不放，更不會倒追得全大陸都知道，她追不上一個男人。」

小玖、小狐狸：「……」雖然北叔叔懟人懟得很有道理，但是這種情況下，他們默默想互相捂一下臉。

小玖覺得，她一點都不想和陰月華比這個。

小狐狸覺得，他的伴侶哪裡需要和別人或別獸比？不對，是誰能和她比?!

等等，他們倆被帶歪了。

現在應該想的是：在生死決鬥的時候，還能互相嗆比誰有魅力，這真的是生死戰鬥應該有的畫風？

「呵。」陰月華輕笑一聲，魂力驀然洶湧，直撲北御前。

「哼。」北御前哼了一聲，長槍一震，身上發出強烈的魂力波動，朝陰月華湧動而去。

陰月華神魂之力被擋回，握在手上的權杖一轉，由單手握持，變成雙手交握在前，微舉向上。

「天地為證，信仰為憑，忠誠為鑑，請帝君……賜我力量。」收起輕忞的表情，陰月華滿臉虔誠，神態無比恭敬。

她一說完，北御前臉色微變。

帝……君？

就他所知，能被以這兩個字稱呼的，只有一個人。

小狐狸同樣注意到這兩個字。

他無聲地「哼」了一聲。

原來是他。

「帝君？」小玖第一次聽到這個稱呼，才疑惑地看向小狐狸，就感覺到神殿裡的氣氛在一瞬間完全變了。

一股比剛才更強烈的壓迫感傳來，小玖不得不後退好幾步；大殿內原本無聲無息的對抗，有了肉眼可見的變化。

在陰月華後方，從王座上浮現一層淡淡的金色光芒，並且擴散，與前方的陰月華的魂力合而為一。

在陰月華這一方，瞬間被金色光芒所籠罩。

北御前這一方，原本看不見的魂力，在金色魂力的對照下，漸漸泛出淡淡的灰色。

一金一灰，在神殿內部形成兩個區域。

灰色區域明顯比較小，而且似乎還在縮小。

而金色區域則不斷往前探進，濃郁的光芒，和灰色的淺淡形成顯眼的強弱對比。

小玖以魂力灌注流影，再揮一劍。

「咻……」劍芒沒入金色的魂力裡，只前進不到一半，就消失了。

小玖卻眼神一亮。

比剛才遠！

她左手一抓，原本隱形護身的劍立刻顯形，然後併入右手的「流影」，再揮一劍。

劍芒消失的距離，比剛才更遠了。

儘管劍芒沒有傷到陰月華，卻阻止了金色魂力繼續往前，讓灰色魂力有機會開始反撲。

陰月華瞥了小玖一眼，身上的魂力再度迸射而出。

從王座上湧出的金色光芒似乎更加濃郁了，甚至隱隱在王座上形成一道虛影。

北御前的灰色魂力瞬間被逼退大半，金色魂力距離他不到三大步。

他手臂一轉，長槍佇地、槍身再度一震。

「隆吼……」

長槍隱隱傳出一聲低沉的不明吼聲，看似疲弱的灰色魂力頓時一陣反擊，將金色魂力推了回去。

魂力之間的對抗，勉強回復到原本對峙的樣子。

陰月華一笑。

「終於捨得把你的契約魔獸派出來了？可惜，晚了。」話聲一落，她周身魂力驀然大漲。

淺淡的金色魂力突然濃郁起來，一舉逼到北御前眼前。

「震裂！」北御前長槍一震，大殿地面突然裂開，裂痕直撲陰月華。

「神之罰。」陰月華卻是高舉權杖，王座上的金色光芒，瞬間湧入權杖，再由權杖射出。

北御前長槍一擋，金色魂力驀然捲住長槍。

「鏗……嗡嗡……」

長槍低鳴兩聲，金色魂力卻透過長槍，直擊北御前右臂。

「呃！」北御前右手一麻，隨即魂力一陣震盪。

北御前臉色一變，突然吐血。

「噗！」

「不好！」小狐狸一叫。

小玖趁隙揮動流影，擋下金色魂力的一瞬間，她已經奔到北御前身邊，剛好接住北御前往後倒的身軀。

「北叔叔！」

北御前雙眸緊閉、臉色慘白，一動也不動。

同一時間，長槍化為一道流光，飛入他的身體裡。

「這是……」

「詛咒發作了。」小狐狸跳到北御前身上，紅光一閃而過後，他又跳回小玖肩上。

「不過七天內，暫時沒事。」

小玖還來不及說什麼，陰月華權杖再度一揮，「神罰！」

小玖舉起流影才要抵擋，卻聽見兩道聲音，不約而同一喊——

「休想！」

一戟、雙鐧，迅速從門口飛竄而來，一左一右合力擋下那道金色魂力。

擊觸即分！

兩人倒飛回去，落地後還踉蹌好幾大步。

但兩人沒有時間恢復，一旦腳下站穩，兩人又同時彈飛向前。

「衍天！」

「雙玄！」

兩式魂技飛擊而來，陰月華只單腳後退半步，權杖一轉，兩人完全來不及變化攻擊，就被權杖重擊倒回。

「啊！」

「唔！」

陰月華不管這兩人，她比倒飛的兩人晚移動，卻搶先跨到小玖面前，權杖含帶魂力由上往下重擊。

小玖不能退，只一手扶著北御前，一手持劍向上一揮。

「鏗……」

除了小玖手上的劍，隱形護身的五把劍同時顯形，硬生生將權杖擋下。

「呵。」陰月華再一用力，權杖再向下推動半吋。

「呃！」小玖經脈受震，後退半步。

淡淡的血腥味由喉間浮出，小玖的眼神卻一點動搖也沒有。

這樣的眼神，太像她記憶中的那個眼神。

即使身處弱勢的時候，依然無所畏懼、無所動搖。

記憶中的那個眼神，讓她心動。即使到了今天，依然不曾忘記。

但現在這樣的眼神，只讓她覺得——怨。

「喝！」因為怨，陰月華手上的魂力，再度灌注權杖。

小玖忍不住的血溢出喉間，她意念一動，在周身布出一道無形的空間，阻擋住陰月華的魂力。

小玖周身氣息一變，小狐狸忍不住訝異。

這是……領域?!

小玖明明還沒有神階！

不，好像不對。

很像領域，但又不完全像。

不過小玖受傷了，他生氣了。

這女人欠燒！

小狐狸才想著要從哪個角度噴火來把這個姓陰的燒得面目全非，就又被兩個人搶先動手了。

就在這幾個轉瞬間的對峙，被擊飛的端木風和端木傲顧不得身上的傷勢，已經再度對陰月華發出攻擊。

「風行！」端木風與手上的長戟，一人一戟合一，化為一道旋風刺向陰月華背後，卻在距離陰月華一丈處，被神階魂力擋住，無法再前進一分。

但是因為加強身後的防護，讓陰月華對端木玖的攻擊強度無法再加強，甚至還稍稍減弱了一分。

小玖立刻敏銳地感覺到了。

端木傲卻抗住神階魂力的壓力，來到端木玖身側，雙鐧擊向權杖與流影交擊處：「玄鐧，破！」

一股巨大的力道反朝權杖轟襲，陰月華被轟得不由得往後退，後背卻有端木風的長戟……

「嗤！」

陰月華後背一痛，權杖立刻反手一擊。

「砰！」端木風被擊得吐血飛退。

「六哥！」

端木玖無法移動，端木傲已經衝向前，只來得及拉住長戟，卻因為去勢太大，端木傲沒拉住人，反而跟著一起前衝，撞上王座後方的牆。

「神罰！」陰月華再加一道魂力，打中自牆上掉落的兩人。

「砰！」

「玄……噗……」端木傲只來得及護住端木風，卻來不及擋下魂力，整個人被擊中，卻還是將端木風護在身下。

「四、哥……」端木風虛弱地低喚，想掙扎。

端木傲沒有回答，卻強硬地依然將他護住。

「哼！」陰月華魂力一轉，背後的傷勢卻沒有及時痊癒，她一愣。

但是沒關係，雖然痛，但不致命。

「這次，沒人能救妳了。」陰月華轉回身，權杖一指，淡金色的神魂力直撲端木玖。

小玖及時放下北御前，並且將「流影」完全合而為一，形成一把將近兩個小玖身高的巨劍，全力引動火焰。

「流影，烈焰！」

金紅色的赤色劍芒，直接撞上淡金色的神魂之力。

神魂之力頓時敗退。

「什麼?!」

陰月華一驚，赤色劍芒已經朝她直襲而來，她甚至感覺到一股熾熱的灼身火焰，連忙縱身退到王座旁。

王座自動發出一陣比剛才的魂力更濃的金色護罩。

「轟。」

赤色劍芒依然轟然而去，即使沒有穿透護罩，卻在護罩周圍形成一股烈焰，將神殿地面燒出一片焦土。

「神火？」陰月華簡直不想相信，但是能對這座神殿形成破壞的，絕對不是普通火焰。

可是，她怎麼會有?!

陰月華驚疑不定地看著那隻小狐狸。

不會是牠吧？

一隻小小的火狐狸，血脈有限，怎麼可能擁有高等級的火焰?!

不，不會是牠。

如果是，這隻小狐狸不可能一直不動。

一定是端木玖得到了什麼異火。

小玖卻不管這些，只神情冷然。

「流影」的劍身纏繞著火焰，小玖臉色微白，卻舉起流影，再度揮劍。

陰月華就站在王座旁，看著赤金色的劍芒再度被護罩擋下，她卻將權杖插回原來的位置。

王座上湧出的金色光芒，頓時更加濃郁，幾乎將陰月華整個人，也染成金色。

她手勢一轉，金色光芒上湧，再引魂力由天而降。

「神之裁決！」

金色光芒朝四方降散。

就算她幸運得到異火，今天依然要死！

「唔……」端木風與端木傲頓感重力壓身。

端木傲勉強使用魂力：「玄之護甲。」

「小玖……」

雙鐲頓時化成端木傲身上的鎧甲，及時卸去重力。

但兩人都幾乎耗盡魂力、又受了重傷，想救小玖，卻連站都站不起來，只能擔心地看著小玖。

另一方，襲向端木玖的金色光芒，卻被「流影」擋住。

小玖手捻劍指，滑過劍身，也同時滑過一道血痕。

「流影」一染血，劍身上的火焰頓時更加活躍。

小狐狸卻眼神一凜。

她的血。

他、很、不、高、興。

「焚天！」

流影一揮，巨大的火焰反擊向王座，與王座周圍的護罩纏燒成一片。

金色光芒，以極緩慢的速度，正在縮小。

陰月華臉色一變。

小玖站得直直的，眼神微瞇，「神階，有什麼了不起！」

她一旋身，全身魂力灌注流影，劍尖凌空直刺陰月華。

「啊！」陰月華慘叫一聲，一身氣勢頓時銳減。

由王座引出的金色光芒同時迅速衰退。

小玖踉蹌了一下。

用盡魂力，她還有武力。

小玖握緊流影要走向前，但是——一隻戴著紅焰護鎧的手，從她身後摟住了她的腰，另一手接過她的劍。

「我來。」

小玖一愣，回頭。

俊美的臉龐、熟悉的冷傲神情，小玖瞪大眼。

「蒼冥，你……」她搖了下頭。

他不能出現的。

「放心。」他手腕一轉，「流影」化整為零，再度隱形，但是流影劍身，已有裂痕。

他掌心滑過她的臉，蓋下她的眼睫，將軟下身體的她摟在身側。

接著，冷勝寒冰的紅瞳，只掃了陰月華一眼。

只一眼，陰月華生平第一次，感覺到膽怯，一手摀著腰腹被刺中的傷口，一手緊握著權杖。

海魅！

陰月華在心底暗喚一聲，一道藍色流光迅速由殿外飛入。

「哼！」蒼冥神情一冷。

「啊！」藍色流光頓時顯形，從空中直接掉落地面。

「啪」一聲。

端木風、端木傲：「……」神獸掉下地的時候，也沒什麼神獸的格，就跟一顆石頭砸到地面是一樣的啊。

海魅卻頭低低的。

這種氣息、這種威壓……

這個時候還有什麼美感不美感，格調什麼的更是完全想不起來。

海魅滿臉不敢相信。

僅剩的一點理智只想著，自己不要抖得太厲害，這位大爺不要再看他。

蒼冥當然沒有多浪費一點眼光在一隻區區神獸身上，他的注意力已經轉向，有點嫌棄地掃了站不起來的兩兄弟一眼。

端木風、端木傲：「……」

這眼神，莫名讓人很不爽！

這男人哪兒來的？

那隻！那隻摟腰的手！抱小玖的手！他占小玖便宜！

成功召示一下主權，得到兩兄弟冒火的眼神注意，蒼冥很滿意。

接著就跳過這對妹控兄弟，看著陰月華身後的王座，他冷冷地揚起手，掌心一握！

王座周圍圍繞的火焰，頓時吞滅了所有的金色光芒。

神階威壓同時消失。

王座驀然爆出一聲巨響。

「砰！」

金色王座四碎，一股熾烈的火焰，自神殿內沖天而出，空中浮島瞬間變成火燒島。

眾人還來不及反應，下一秒，火焰已經蔓延，瞬間燃燒整座山谷……

第七十二章　小狐狸式標記

神遺山谷，轟爆一聲響。

沖天的火光，驚詫了整個天魂大陸。

整座神遺山谷瞬間變成火燒山！

天色隨之異變。

赤色烈焰，焚天火勢，將蔚藍的白晝，襯得有如暗夜。

在這一瞬間，一滴微小的紅色光點，以讓人無法察覺的極快速度，自神遺山谷飛向帝都。

緊隨在後的，是一連串「隆隆隆隆」的雷鳴聲，再度驚響整個大陸。

又是砰然巨響、又是轟轟雷聲，讓人直覺湧起一陣不安。

天要塌了?!

雖然明知道不可能，但是天暗暗、雲低低的樣子，看起來很像啊。

天魂大陸上，所有聽見雷聲的人，無論修階、無論男女老幼，不約而同感覺到一股威勢，自天而降。

而在紅光停留帝都的幾秒鐘，天際電光閃動，已經響起雷聲——

「隆隆！」

宛如打在自己頭頂上的雷聲，讓帝都人心惶惶！

「這、這雷聲？」

「不會劈下來吧？」

「不可能！」從古到今——不對，是大家長這麼大以來，雷電是會劈在人身上，但是從來沒聽過雷電會亂劈在地上的。

「可是，閃電好像就在我們頭上啊！」他不想被電……

身在帝都裡的人感受到的壓力，比任何地方都大。

夏侯皇室、端木家族、公孫家族、歐陽家族、傭兵公會、煉器師公會、各大大小小的家族、無數傭兵團……同時竄出幾道身影，火速奔向神遺山谷。

其他不明狀況的人，則統統走到屋外，滿臉驚疑地看著黯沉下來的天空。

「吼隆……」

雷聲已經非常近了，像下一秒鐘就要劈下來……

呃?!

他們好像看到，電光……突然扭曲了一下?!

隨著一點微如星灰、不被眾人察覺的紅光撲向某個方向時，雷擊同時斜斜、不客氣地打了過去……

「轟隆！」

紅光默默消失。

電擊一過，天地瞬間靜寂無聲。

接著，烏雲突然一散。

天際在眨眼間恢復為明亮透澈的藍空。

溫暖的熱度散落在大地，氣氛平靜祥和。

天清日朗，彷彿什麼事也沒發生過。

剛才的雷電也沒有打過。

它是藍藍和諧的天空，不是嚇人的烏雲天。

帝都上下所有人：「……」嘴角一抽。

老天有點假。

他們絕對沒有見過這麼任性的雷電。

想來就來，說劈就劈，不用交代就不見。

……好吧，雷電比較大，它想任性他們也阻止不了，可以的，它高興就好。

不過，大家不約而同看向那道奇怪的雷劈的地方……

「那個方向……」嗯，好像是……

「那個距離……」目測，好像是……

「好像是某個家族的駐地。」應該沒錯。

那一帶是各大小家族的駐地區，雷電隨便劈都會劈中一家，不存在「沒劈到」這種可能。

「如果我沒記錯，那裡好像是……」想到陰家這幾年的霸道行徑，直接說出來沒問題吧？

「陰家。」不用客氣，就講出來吧。

大家又默了。

如果這劈的是別家，他們一定想問：這是做了什麼傷天害理天理不容雷公都看不下去的事，才會被雷劈？

如果是陰家嘛……

大概，可能，被雷劈，不奇怪。

神遺山谷外。

突然沖天的火焰，驚詫山谷內外所有人。

「這……」駐守在山谷外的皇室護衛隊指著火，嘴巴開開。

吃驚有山那麼高、想問的也有山裡的樹那麼多，但是一時之間不知道要問什麼、該怎麼問。

這這，現在是什麼情況啊？

「火燒山?!」

所有人面面相覷。

先是驚得啞然無語，一時回不了神。

接著是啼笑皆非。

謝謝，他們知道現在是火燒山，這場面非常明顯，他們有看懂——他、們、沒、瞎。

問題是：這裡是哪裡？

神遺山谷啊！

天魂大陸上最神秘、也最崇高的傳說之地。

這樣的地方，竟然有人敢放火燒山，到底是那個人膽兒太肥、還是他們見識太少？

而且最不可思議的是：還真的放火成功了。

神遺山谷裡，自有定律、自然神秘。

在山谷裡，無論是四時天候變化，還是任何魂師對決，戰況就算再驚天動地、破壞力再強，最終也不會增減太多山谷裡的一草一木。

至於放火燒山……

能燒禿方圓十丈，就要驚嘆這是天地異火或是魔獸天賦火種的強悍了，而能燒整座山的火勢，那是做夢……也不可能。

為什麼會這樣，沒有人說得清楚。

即使經過千萬年，也沒有任何一個人敢說自己了解神遺山谷，就連大陸上那些知名的聖階九級的高手，也沒有任何一個敢說自己進了山谷，能次次完好全身而退。

對天魂大陸上所有人而言，「神遺山谷」四個字代表的就是：神秘、危險，與機遇。

令人敬畏、也令人嚮往。

這裡是上古時期神階大能者的遺澤。

也是自上古時期便流傳下來的險地。

有人一進山谷不復返，也有人再出山谷時，實力大增。

沒有人敢進了山谷後，還肆無忌憚——好吧，可能有，但這種人不是沒腦子出來後被嚇破膽的、就是直接把自己的生命奉獻給山谷了。

而長期駐守山谷的護衛隊們更是覺得，其實他們的任務，與其說是護衛神遺山谷的安寧，倒不如說是及時提醒那些不知死活的魂師武師們，愛護生命、別亂闖山谷，在山谷裡搗蛋！

但是現在，這樣的山谷被火燒了。

因為帝都大比，山谷裡還有一大堆年輕又有天賦的魂師和武師們沒有出來。如果這些人在裡頭出了什麼意外……

後果簡直不敢想！

「立刻通知隊長。」終於從火燒山的震撼裡反應過來的小隊長立刻說道。

「已經通知了。」隊員立刻回道。

「一隊、二隊成員聽命，立刻進山谷查探狀況，如果有需要接應的……」命令還沒說完，就見幾道光影從帝都方向飛掠而來，在他們看見的時候，幾道光影已經分別落地。

「總隊長?!」第一個現身的，就是他們皇室護衛隊的總隊長，夏侯亮。

「端木大長老！」

「公孫三爺！」公孫家主之弟，公孫憬之父。

「歐陽二爺！」歐陽家主之弟。

「蒙團長！」雷火傭兵團總團長。

另外還有慢了好幾拍才趕到的煉器師公會長老、商會護衛隊長，以及其他家族

與傭兵團長。

這些人，無一不是大陸上成名的高手。

實力愈高強者，到達的時間愈早。

「發生什麼事？」夏侯亮問道。

「回總隊長，不知道，我們正要去查探。」負責看守神遺山谷的小隊長硬著頭皮回道。

他們被震撼得太久了，現在才回神，要反省。

夏侯亮點了下頭，沒有立刻苛責他們，只交代——

「立刻去查探。」

「是……」

「慢著。」蒙團長阻止，「起火的只有一座山峰，可以派人查探，但其他人也要先撤出來。」

「我明白。」夏侯亮立刻調整任務，重新下令。

公孫三爺開口要求：「我要親自進去一趟。」

「這……」

「團體賽的名次，我公孫家可以放棄。」公孫三爺說道。

「我端木家族子弟也放棄名次。」端木大長老也說道，意思就是：他也要進山谷。

兩人都很明白，名次事小、生死事大。

培養一名傑出子弟不容易，為一時之名罔顧族中優秀後輩子弟的生命，這麼虧

本的生意，他們實在做不來。

至於其他人——暫時觀望中。但是：「我們也要進山谷。」

「各位稍安勿躁，一切等探查結果而論。」夏侯亮強勢說道。

在場長老和世家爺們只好按捺著急，靜心等待，再看著火燒山的景象。看著看著，倒看出一點疑問。

「山谷五峰，似乎只燒了其中一峰。」公孫三爺低聲說道。

「看似相鄰，其實距離遙遠。神遺山谷腹地廣大，火勢無法跨峰，才是正常。」端木大長老沉穩地說道。

「只燒了一峰，該不會……」蒙團長沉吟著想了一下。「所有人都集中在同一峰？」

「不會吧？」端木大長老一聽，先是不相信，但是仔細一想……好像也不是不可能。

「如果都在同一峰……」歐陽二爺還沒說完，就聽見一陣吵雜聲從山谷內傳來。

接著就湧出一大堆逃出來的魂師武師。

「總算出來了?!」

「二爺？」

「三爺？」

「大長老?!」

不用問，光聽稱呼也知道這都是哪一家的人。

子弟。

「山谷裡發生了什麼事？」端木大長老拉住一名子弟問道。

他已經注意到，這批像逃難出來的子弟中，沒有端木玨、端木風那幾個嫡系的子弟。

「大長老，」看到是自家大長老，被拉住的小子弟稍微有了一點安全感，立刻老實說道：「空中浮島上打起來了。」

「誰打起來了？」在場的人大部分都進過山谷，對於空中浮島，他們就算沒上去過，也遠遠見過。

「大小姐他們、還有公孫家、歐陽家……」說到這裡，小子弟想到更重要的事：「大長老，不好了。陰家主闖進山谷裡，把各家族的子弟都困住了，大小姐他們可能也在上面。」

端木大長老皺眉，「陰家主？是陰月華？她闖進去做什麼？」

因為端木定灼引發的家族分裂事件，讓端木家族長老會每天吵吵吵，導致端木大長老現在只要聽到「陰月華」三個字，整個人就暴躁！

要不是為了保持身為高手沉穩的高大上形象，端木大長老很想脫口吼兩句：這女人又想幹嘛?!這女人能不能消停點兒?!

還想加吼一句：這女人，給本、長、老、滾、遠、點……

「她要我們都臣服於陰家。」端木小子弟氣憤地回道。

「臣服？」大長老再問一次。

「臣服。」端木小子弟無比確定，點頭。

大長老內心：呵呵，呵呵。呵、呵、呵……

「陰月華，真是找死。」同樣問自家子弟、得到差不多答案的公孫三爺，冷笑一聲。

「還、還有一件事……」端木小子弟小小聲。

「什麼事？」端木大長老問道。

「陰家主……好像……神階……」端木小子弟，更小聲。

……他們沒聽清楚。

「好像什麼？說清楚。」端木大長老發出沉穩的聲音。

「陰家主，好像、好像……」端木小子弟深呼吸、閉著眼，以一種視死如歸的衝勁喊出來：「突破神階了！」

眾長老、家族大爺們：「……」

端木大長老謹慎的表情，「突破神階？」

端木小子弟點頭，「嗯。」

端木大長老再問：「陰月華？」

端木小子弟再點頭，「嗯。」

公孫三爺插問：「你確定？你親眼看到了？」

端木小子弟，「沒有親眼看到，但我是聽從空中浮島下來的人說的，而且，他們也有聽到。」

沒有上浮島的人之中不只有端木家族，也有公孫家族和其他家族、傭兵團的人啊。

從浮島上逃出來的人也不只有端木家族，還有公孫家族和其他家族、傭兵團的

人啊。

大家都聽到了。

不相信他說的，可以問公孫家自己家的人，他沒有說謊的。

公孫家小子弟們連忙也說道：「三爺，他說的是真的。」

幾個小傭兵隊的人也說道：「我們沒有看到陰家主，但是浮島上傳來很大的聲音，還有整座浮島轟轟隆隆、很多石塊土塊被震碎掉落……」很可怕的景象啊。

雖然有點丟臉，但他們能先逃出來，完全是因為實力太低，所以被人命令先逃，至於那些有點實力和名聲的，大多數還在山谷裡呢！

……他們真沒想到有一天實力低也會變成保命的關鍵。

率先逃出來的各家小子弟們不由得暗暗感嘆：世事多變人生無常。

端木家的小子弟又說：「不只是這樣，嫡系的幾位少爺和小姐、公孫三少、商會少主……等等，全部的人都被困在那一峰的空中浮島上了。」這才是重點！

那一峰，就是起火的那一座山峰啊。

幾個長老、大爺們臉色一變。

皇室護衛總隊長更是立刻下令——

「皇室護衛隊聽令：三隊留下接應，其餘小隊以小隊形式，全部進入山谷，救人為先，遇到陰家的子弟與其相關的人以避讓為主，如果必須動手，速戰速決。」

「是。」所有小隊立刻行動。

護衛隊一行動，夏侯亮立刻將消息傳回皇室，並且請求增援。

端木大長老、公孫三爺、歐陽二爺與其他勢力的人，則不約而同身形一飄，就

跟著護衛隊衝進山谷裡，邊衝還不忘邊傳訊回家族。

被留下來的夏侯亮只好黑著臉，先把逃出來的人安排好，然後才追著也衝進去。

剩下的幾個人，都是後來才趕到、只聽到後半段的話、實力不是那麼厲害的小家族長老們，面面相覷。

以他們的實力，衝進山谷也是添麻煩，不如留在原地接應。只不過，他們很疑惑：圍困和殺害其他各大小勢力的天才子弟，陰月華想做什麼？

不知道是誰暗暗猜了一句——

「天魂大陸，該不會要變天了吧？」

陰家……莫非一躍要變成天魂大陸第一家族了?!

呃，感覺有點冷，莫名地有種感覺。

如果這個大陸變成陰家作主，那他們，都要變成後母養的前妻小孩啦！

意識，有點模糊。

感覺，霧霧濛濛的。

四周空無一物，到處霧濛一片。

「小玖。」

隱隱約約的叫喚聲，彷彿從很遠的地方傳來，斷斷續續，但是聲音卻有些

熟悉。

「小玖……」

「蒼……冥？」

「這次，妳終於叫對了。」他輕輕地笑著。

「你在哪裡？」感覺不到他，她有些慌。

雖然無法睜開眼，但是小玖本能地知道，這裡沒有危險。

危險？北叔叔！四哥、六哥！

小玖猛然睜開眼。

入眼的，卻還是只有淡淡霧靄，以及……一小撮由遠處快速飄來的紅光？

那一小撮紅光直接飄到她眼前，光芒一閃，就擴大變成一道她熟悉的身影，以及熟悉的俊美面龐。

「蒼冥。」她才踏向前一步，就被他摟抱住。

啊?!

小玖先抬頭看看天空，確定沒變天沒雷聲，然後才看著他。

「蒼冥？」這樣出來沒問題？

「嗯。」

蒼冥很專心地摟著她，還輕拍她後背。

小玖不小心出神了一下。

好像哪裡怪怪的？

「蒼冥，北叔叔他們……」

「沒事，不用擔心。乖乖的。」

讓他好好抱一抱。

小玖：「……」雖然你沒說出來但是我知道你的意思是什麼。

這麼理所當然地直接上手摟摟抱抱拍拍。

小玖表示：這是要流氓喔！

「時間不多，不能浪費。」蒼冥嚴肅表示。

所以抱住之後，不到時間不能撒手。

雖然這樣覺得還是不夠本但是勉強可以接受。

至少不浪費一分一秒。

被抱住的小玖還是一頭霧水，但沒有急。

他說沒事，就一定沒事。

她相信。

不過還是要問——

「這裡是哪裡？你……可以變成這樣？」

小玖沒忘記天魂大陸的雷很愛劈他的。

「這裡，雷劈不進來。」蒼冥瞪她一眼。

就不能記點別的？

「那這裡是哪裡？」不能，因為這印象太深刻了。

她每次看到這個樣子的他，他每一次都被電追被雷劈。

所以看見他，先看天上。

這已經變成每次看見他的反射動作了。

「妳的識海裡。」蒼冥又瞪了她一眼，輕敲——捨不得，改成用手指點了下她額頭，才回道。

「我的識海？」小玖驚訝。

怎麼突然跑出這種東西了？

等等，他們原本就可以透過識海通話，這不稀奇，但兩個人都跑進來是哪種狀況？

靈魂？

小玖在他懷裡掙扎了一下。

蒼冥立刻收緊懷抱。

「現在的我們，只是神魂，不是真的身體。」

「神魂也有感覺？」果然只是魂體。

不過，魂體也能摟抱嗎？

不是應該互相飄著飄著就交叉過去了，什麼也摸不著？

蒼冥低笑了幾聲。

「妳怎麼會……這麼想？」

「你知道我在想什麼？」小玖一愣。

雖然本來就能懂對方的心思，但是沒這麼直接！

「妳的魂，在我懷裡。」神魂相依，他怎麼會不知道她在想什麼？

這種感應，擋都擋不住。

小玖：「……」很好，她也知道他在想什麼了，也懂了。

拳頭握起來。

想揍他，可以嗎？

「可以打我，不過，別生氣。」他的手，包住她的拳頭。

身為男性，讓著縱著自己的伴侶，應該的。

蒼冥的傳承記憶裡有——某男即使實力高大上，還是被某女揍了一頓的畫面。

所以，小玖要揍他，可以的。

只要別自己偷偷生氣就好。

小玖的反應是：白他一眼。

想歸想，她是那麼野蠻的人嗎？

她才不會一言不合就揍人。

……因為真不合的時候就是敵人了，直接摁死沒商量！

蒼冥又笑了。

「小玖，果然是我挑的。」伴侶。

小玖瞄他。

「我本來就這樣，不是因為你。」別以為她是因為他才變的呀。

男人，最會往自己臉上貼金了。

這可不好！

小心被臉上貼的金子塞到窒息。

「小玖本來就很好。」蒼冥一臉理所當然。

小玖：「……」他這一副與有榮焉、眼裡她最好的理所當然模樣，讓她很難繼續找碴下去。

蒼冥是真不懂還是假不懂啊？

「小玖，我們時間不多，妳好好聽我說。」蒼冥才沒有那些真的假的問題，只要小玖是真的就可以了。

「什麼意思？」小玖一震，然後就想到了：「你要被雷劈了嗎？」

「當然不是。」蒼冥黑線。「想劈，也得劈得到我。」

被電追雷劈是一回事。

有沒有被追到被劈到是另一回事。

才這種小狀況如果就真被劈到了，他堂堂……嗯哼，總之，他是不跟雷電計較，不是怕雷電。

意義差很大！

「怕」什麼的，要是傳到別家獸的耳裡，簡直就是敗壞他的名聲，蒼冥才不會給自己製造莫名其妙的黑歷史。

他堂堂蒼冥大魔獸的字典裡，沒有「怕」這個字。

「不過，雖然沒被劈，這次我卻真的不能再留下了。」這點，才是之前他不損雷電的原因，知道嗎？

他不怕雷電。

給他把這件事記牢！

所以，以後就算她惹上雷電，也不用怕。

身為他——蒼冥的伴侶，什麼都不用怕！

「蒼冥……」小玖卻心一緊。

蒼冥低頭，重重吻了她額頭一下。

「都怪他……」低噥的聲音。

蒼冥在心裡，把某個注定是敵人的男人又記了一筆帳。

「誰？」

「不用管他，他不重要。」在這種時候想起敵人簡直是浪費時間，蒼冥連提都不想提，只要記得以後遇上了把他多揍一頓就對了。「小玖，我要走了，妳都沒有話要對我說嗎？」

蒼冥覺得，他需要聽一點好聽的話。

小玖滿頭黑線地看著他。

這是現在很重要、必須、一定要講的事嗎？

蒼冥嚴肅地點頭，表示：是。

小玖更黑線了。但還是低了下頭，很認真地想了……三秒鐘。

「嗯……」要說什麼？「一路順風？」

蒼冥覺得，他額側好像什麼東西斷了一根，有「啪」的一聲。

不氣。

再給她一次機會。

「小心別被雷電追到。」看著蒼冥的表情，小玖很識相地換了一句。

另一邊的額側，好像也「啪」的一聲。

腦子有點充血、火氣有點大。

小玖：「……」真難伺候，到底要聽什麼呀？

她又想了想，才又說：「小心……一點，保護好自己。」

「……」雖然不滿意，但至少比剛才那兩句聽起來舒服，蒼冥暫時滿意。「我當然會小心，妳也要保護好自己，在對敵中，不要再像應對陰月華那樣，把自己身上的魂力都用光光，還傷害自己。」

「為什麼？」

「如果妳用光魂力，等於把自己接下來的生命交給敵人，如果遇上的是比妳強悍的敵人，妳連逃命的機會都沒有。妳傷害自己，我會不高興。」

「這個道理我懂。不過剛才，我是有算過的。」後面那個，她忽略之。

「是嗎？」沒有氣憤過頭所以不惜拚命？

如果她敢拿命去拚，蒼冥覺得，他一定要好好打她的屁股一頓。

「當然是，因為有你在呀。」小玖理直氣壯地說道。

蒼冥一聽，不滿頓時全部消失。

但該提醒還是要提醒。

「還是要留下自保的能力。暫時打不過敵人沒關係，可以等打得過的時候再來打；或者，我來幫妳打。」他好像有點明白某男看某女有危險時，那種糾結的心態。

知道應該放手讓她成長、提升實力。

但是會捨不得看她受傷。

「不用，我可以自己打，我會變強。」小玖說道。

蒼冥輕撫她的頭髮，低頭望著她的眼神，有些捨不得、有些高興，還有，很喜歡。

「離開天魂大陸之後，我會回到神魂大陸；神魂大陸的範圍，比天魂大陸要大上好幾倍，各種勢力分布也更加複雜，實力與魂階，與天魂大陸的認定更是完全不同，在沒有突破神階之前，妳不要來。」

「我明白，我不會魯莽行事。」無論如何，在一個陌生的地方求生存，小玖有過好幾次經驗，所以她一點都不擔心。

「我相信妳。」蒼冥很高興。

和某些男性人類喜歡柔弱、依賴的女性不同。

在蒼冥眼裡，他夠強，他的伴侶，自己也有她厲害的地方。

她愈厲害，他愈高興。

「但是我很擔心你呀。」看著他，小玖嘆口氣。

「有什麼好擔心的？」蒼冥覺得自己的魔獸尊嚴，遭遇到很大的挑戰。

他的伴侶，竟然懷疑他的實力，這太不應該了。

「你很厲害，但是追殺你的人，也不弱呀。」小玖伸手貼在他一邊的臉頰上，揉一揉。

不要自大過頭啦！

別忘了，她第一次見到他時，就是他被追殺又受傷的時候。

雖然後來成功反殺追兵，但是他被追得很狼狽也是真的啊。

「……那是意外。」為什麼總記得他的黑歷史？

最嚴重的是，他出生至今唯一的黑歷史就偏偏剛好被她看見，簡直是太心酸了。

「這個世上最不缺的，就是意外。」她告訴他。

「……」好有道理蒼冥無法反駁。

不過他笑了。

「擔心我嗎？」

「嗯。」誠實不做作的小玖，就這麼直接承認了。

「呵呵。」蒼冥很高興。

「不要只是笑。」小玖瞪他。

「我很高興。」他微彎低身，用自己的額頭抵著她的額頭。

「我不高興。」小玖直接用額頭撞他。

「那這樣。」

「啵」一口，吻在她的嘴角。

小玖瞪他。

「這是耍流氓。」

「流氓？」

「就是不理會別人的意願、安全、場合，只顧自己高興，做出不恰當行為的人。」

蒼冥：「……」形容得真好很難反駁。

但是……

「這不是流氓，是情不自禁。」先反駁掉一條。「我也沒有只顧自己高興，妳不開心嗎？」

小玖臉紅了紅。

「這裡只有我們兩個，沒有什麼行為是不恰當的。」蒼冥反駁掉她剛才對流氓下的定義，以茲證明——

堂堂蒼冥大魔獸，才不會流氓。

就算真的流氓了，也是理直氣壯得不像流氓。

「不要學無賴。」小玖又用額頭撞了他一下，然後內心黑線了一下。

這身高差，連要撞人都得踮腳尖，而且還只撞得到一點點，根本沒有威嚇力。悲、傷。

她……應該還會長高吧？會吧會吧會吧！

「會。」

「……」呃，她不小心說出來了?!捂臉！

「其實妳現在這樣，就很好了，很好很好。」蒼冥安慰道。前兩句是安慰，後一句是真心話。

身為伴侶，要在伴侶沮喪的時候好好安慰並陪伴，還要說好聽話。

蒼冥有從別的人類那裡學到這一點，馬上活用，而且他說的都是真心話。

小玖很好很好，這個身高……忍下一聲笑，很好。

雙手抱著，她的頭頂差一點點……嗯，脖子的一半算是一點點，她的臉，剛剛好可以靠著他肩口，他想「啾」一下的時候也很方便。

是很好的身高差啊。

「亂想什麼。」瞪他一眼。

這身高還沒有她「以前」高，她真的得努力再長一點才行，至少要和「以前」持平。

「沒有亂想，是真心話。」蒼冥揉揉她的頭，不知道怎麼的，手裡就多出一條髮飾，紮在她的頭髮上。

「你在弄什麼？」她原來的藍色髮帶被拆掉了，變成……紅色的。

紅色的髮上繫著的，是一隻紅色的小狐狸，就別在小玖的頭上。

髮帶，從絲質，變成毛絨絨。

紅色絨毛的髮帶，散落在她的髮絲上，看起來鬆鬆軟軟的。

「蒼冥，你在做什麼？」她伸手去摸。

好像摸到……一隻小動物，毛絨絨的臉型，五官分明、像狐狸的觸感，尾巴延伸成長長的髮帶。拉到眼前一看——紅色毛絨絨，細細的。

數一數，九條。

小玖默了默，表情有點一言難盡。

「我的。」蒼冥看著她。

小狐狸髮帶，代表小狐狸。

她的頭上，戴著屬於他的小狐狸。

蒼冥很滿意。

小玖哭笑不得地看著他，「所以，就算你不在我身邊，我身上也一定要有小狐狸就對了？」

莫非這就是所謂的……標地盤、作記號?!

第七十三章　蒼冥式的道別

蒼冥點點頭。

「嗯。」理所當然。

小玖：「……」

「有這個，一般魔獸不敢隨便靠近妳。萬一遇到危險的時候，拔下一條髮帶、加上妳的魂力，可以化出一個我，能發揮出我六到七成的實力；雖然只能保持一刻鐘，但是危急的時候，也可以保護妳……」他低低說著，交代怎麼使用，又有哪些限制。

以他現在的能力，就是九條髮帶，剛好披散在她的長髮上，看起來，很美、很搭。

比她原來的髮帶好多了——藍色的，收起來，不還她了。

咳。

總之，就算他不在她身邊，她也不是什麼人、什麼隨便的魔獸都可以欺負的。

小玖一邊聽著，臉上哭笑不得的表情漸漸消失，看著蒼冥一反平常寡言的態度，對她叮叮嚀嚀，心頓時有些酸酸的。

「我可以保護自己的。」她的抗議，軟軟的、小小聲。

小玖從來不認為自己弱，真的。

但是蒼冥默。

因為她遇到陰月華打不贏、還讓他自動現身代打的事實，剛剛才發生，所以她的抗議，顯然沒什麼公信力。

不過他也不反駁，免得傷了小玖的心。

這，應該就是人類所謂的「體貼」。

他學到，而且應用上了。

寵伴侶，再進化一招。

「……」不用說出來，她也感覺到他的想法了，小玖忍住眼角抽的衝動。

……好吧，雖然蒼冥的智商實力勝過人類，但畢竟不是真的人類，可至少他有學習力，要點讚。

這也算是，還就她。

很笨拙，但是認真學習的蒼冥，很可愛。

「你是不是覺得我的實力有點弱？」小玖問道。

蒼冥考慮了一下。

這個問題，關乎她的實際安全和對自己的認知，蒼冥覺得，就算會傷她的心，還是要實話實說。

「嗯。」

以蒼冥的標準，那不是「有點」，是「很」弱。

他還是保留了這一句實話，免得太打擊小玖。

「……」小玖看著他，甜言蜜語不出三句？才剛覺得他好，現在馬上變了，到底有沒有一點身為……男人應該說好聽話哄人的認知啊！

蒼冥低笑了一聲，摟了摟她。

「這種事，我不想哄妳。」在這個修練的世界，只有實力是無法說謊的。「不過，妳也不必對自己太沒有信心，雖然和我比起來，妳還很弱，但是在天魂大陸上，真正能打贏妳的，也沒有多少人。」

在天魂大陸上，除去神階，她還是可以橫著走的。

小玖：「……」謝謝，並沒有被安慰到。

因為小玖最大的敵人，就是個神階。

蒼冥又笑了。

小玖的心情變化，無論是高興還是不高興，都會讓他感到很愉悅。

高興的小玖很可愛。

不高興的小玖也一樣很可愛。

瞪他的小玖很可愛。

朝他抗議的小玖也很可愛。

想打他的小玖一樣很可愛。

「小玖……」他開口一喚，神魂卻突然虛閃了一下。

「蒼冥?!」小玖直覺抓住他。

時間真的不多了。

蒼冥很快地說道：「神遺山谷裡，浮空之島上的那座神殿，已經被我毀了，不過妳要小心那柄權杖。

雖然那個陰家的女人是神魂師，但是真正可怕的，是她可以借權杖再增幅魂技的威力。

那柄權杖的力量，大概和妳的魂力相剋。

相剋的力量一旦遇上，就是看誰的力量強，現在的妳，還不能和那柄權杖正面對上。」

雖然後來小玖引動他的火，保持魂力不被克制，但是魂階的差距，還是讓她連與姓陰的女人打成平手都做不到。

「嗯……」小玖回想。

相剋的力量，在戰鬥中，她的確有所察覺，只是不確定；但魂階的差距有多大，她卻明顯感受到了。

看著自己的手，握著，再放開。

在這之前的幾次戰鬥，無論是與天魂師或是天武師的打鬥，對她來說都不算困難，以至於她從來沒有覺得，魂階的差異是一件多重要的事。

但是這一次，她感覺到了。

尤其是突破神階後與聖階以下之間的差異。

北叔叔說：神階魂師，要弄死一個天魂師，只要動動念頭就可以。

那種無能為力、任人宰割的不甘與憤怒，即使她沒有親身體會，但在其他人身上，她看得很清楚。

對戰鮫人獸與陰月華時，用盡全力也難以對敵人形成太大傷害的無奈，她也親身體會了。

「雖然妳的魂力很特別，可以無視魂階差異所形成的威壓，不被壓制住實力，但除此之外，妳的魂階比別人低是事實，在戰鬥時實力不如別人，也是事實。」蒼冥很不留情地指正她。

戰鬥，不是輸，就是贏。

實力，不是高，就是低。

從來沒有模糊地帶。

他一直看著她戰鬥，從以前到現在，不難看出她的想法。

對於大陸強者為尊、實力高者為先的觀念，她很平淡地接受，也意識到沒有實力，寸步難行。

但是對於魂師的修練，大概很不以為然。

從西岩城相伴到現在，除了在西岩山脈歷練時，為了救樓烈不得不弄懂解咒的事之外，她幾乎沒有修練魂力。

至於平時的修練，她沒有偷懶，但是她修練的力量他不太理解，只知道她有在變強。

她用劍，卻不像天魂大陸上的武師。

至於那把他不太理解、但殺傷力好像很大的武器，小玖還沒有正式用過。

小玖的思想舉止，異於一般人，蒼冥並沒有打算深究；但是她的修練心態有問題，他就一定會說。

人族與魔獸有別。

他的傳承記憶，不能給小玖太多借鑑。

但是論修練之法，他卻可以看得明白。

一直以來，小玖都有點小看這個世界的魂師了。

不過蒼冥非常有私心地認為：這不能怪小玖，要怪那些出現在小玖面前的魂師，怎麼那麼弱，都是他們在誤導小玖，給小玖錯誤的示範。

實力差不是他們的錯。

實力差還跑出來誤導別人的判斷這就很有罪過。

欠燒！

「噗！」感覺到他的想法，小玖哭笑不得，但還是笑比較多。

明明是她太大意、又沒用心，他卻硬是怪別人。

這麼「護短」的事，認定得這麼理所當然，也就只有蒼冥了。

「我知道了。」對於蒼冥的批評，小玖還是很虛心接受的。

對於魂力，她的確不太在意，明明有那麼好的修練方法，她卻棄之不用；如果不是煉器需要用到魂力，她可能完全不會修練。

她竟然做出這麼任性的事。

真是愈活愈回去了。摀臉。

「沒關係，不丟臉。」蒼冥拉下她的手。「如果不是我不能留下來，妳可以再任性一點的。」

小玖：「……」那個，沒本事的紈袴就是這樣被寵出來的；如果沒反省，她會

被寵廢的。

蒼冥真的不覺得有問題嗎？

事實上，蒼冥就真不覺得有問題，所以繼續交代下一件事——

「離開神遺山谷的時候，我把北御前、端木風和端木傲一起帶出來了，北御前現在昏睡中，在解除他身上所中的詛咒之前，保持這個狀態對他最有利；但是，他能撐住的時間，恐怕不會太久。」

「我知道。」小玖點點頭。

有過師父的事作為經驗，小玖研究過詛咒的相關情況。

詛咒沒發作前，還可以用盡各種辦法撐一撐，壓制或封印。

可一旦發作，就拖不了太久了。

蒼冥看著她，神魂再度虛閃了一下。

蒼冥！

小玖沒開口，但是手一直把他的衣襟抓得緊緊的。

蒼冥說她是伴侶，理智上知道，感覺上還是一直很沒有真實感。

直到這一刻。

蒼冥要離開了。

不會一直陪在她身邊。

她還沒有承認自己的感覺，但擺在眼前最清楚的事實是，她……不想他走。

蒼冥反握住她的手，拉著環住自己的腰。

「小玖，妳要想我。」開始要求。

聽見這句話，小玖丟開心裡的糾結，微瞇一眼。

「……是你要想我。」反要求。

「我當然會想妳。」他點頭，理所當然。

「……」被他理所當然的肉麻秀了一臉，臉突然覺得有點熱熱的。

為什麼覺得害羞的是她?!

莫非，就是魔獸的臉皮厚度？

「妳會想我的吧？」他沒有聽到她的回答。

「……會。」對蒼冥，含蓄沒必要。

害羞矜持什麼的，現在不適用，直接一點吧。

「每天都要想。」蒼冥滿意，不忘再多要求一點。

「……好。」

蒼冥很滿意了。

「妳要記得，在突破神階之後，再前往神魂大陸。往東走，橫渡海洋。我會在神魂大陸等妳。」

無論多久，他都會等。

「你那麼肯定，我一定可以突破神階？」

「當然肯定。」他很自信。「妳是我的契約者、我的伴侶，區區神階，怎麼可能突破不了？我的眼光，絕對不會錯。」

小玖：「……」這到底是在誇她、還是誇他啊？

「都誇。」他親了她一下。

小玖瞪了他一眼。

「你不會忘了，我的魂階，只有一星吧？」

「那個不準，不用理。」

「你怎麼知道？」

「等妳認真修練魂力的時候，妳就知道了。」蒼冥現在不告訴她。

好吧，也可以。

「那，如果我到了神魂大陸，要怎麼找你？」

聽見這句話，蒼冥真正笑開了。

小玖看著迷了三秒鐘，然後一陣疑惑。

怎麼突然那麼高興？

「有這個。」蒼冥拉了下紅色的髮帶。「它離我愈近，感應會愈明顯。」

這種感應，是雙方的。

就算她一時找不到他，他也可以知道她在哪裡，去找她。

另外，回到神魂大陸後，他也會很快讓自己出名，讓她一到神魂大陸，就聽見他的名字，這樣她要找他就很容易了。

還有，要更提升實力，做她的靠山。

「你想得真周全。」小玖聽得有點高興、又有點小小的彆扭。

她這是被套路了吧？

「因為我不想和妳分開太久。」蒼冥很認真地說完，抱著她的手臂緊了緊，才低沉著聲說：「小玖，我要走了。」

小玖反射性將抱住他的手臂用力交叉摟緊。

蒼冥輕聲一笑，抱高她，低頭，輕輕地吻了她的唇一下。

小玖一時恍然。

他碰觸她的感覺，真實中、又有些虛幻，像實體、一點一點在變虛無。

「別擔心。」他安慰完，不忘強調一句，「記得，妳是我的！」伴侶、伴侶，只有她，別偷偷在他不在的時候，假裝這件事不存在！

「……」慌亂感瞬間被他的霸道趕跑！

「我等妳……」在她唇邊，他的神魂一點一點地飛散，最後，化成一片白色星點，整個人消失不見。

她反射性地伸出手，抓握，卻落了空。

「蒼冥！」

他，消失了！

……蒼冥?!

小玖驀然睜開眼。

雕柱、木室、鏡台、桌椅、几具。

這裡是……仲大叔的家。

「九小姐?!」躺在床上，她只轉了個頭，就驚動守在門外的陰星流，立刻打開

門來確認。

「陰星流。」認出來人，小玖坐起身，直覺摸向左肩……一空。

她迅速看著四周，然後下床，一邊問道：「北叔叔、四哥和六哥呢？」

「小玖。」仲奎一出現在門口。

「仲大叔。」

仲奎一原本有些凝重的表情，在看到她好好的、沒受傷沒狀況之後，才露出一抹笑容。

「沒事就好。」

三天前一回來就看見家裡躺著四個人，差點沒把他的魂給嚇出來。

根本不知道他們怎麼回來的好嗎？

神遺山谷那邊還亂著呢，這四個就昏在這裡，現在是怎樣？他完全想像不出來。

直到四、六兩兄弟醒來，仲奎一才算有點了解山谷裡發生的事了。

「仲大叔，北叔叔、四哥和六哥呢？」小玖第一個問的，還是這個。

至於她昏迷之後還發生了什麼事，可以待會兒再說。

「端木傲和端木風都比妳早醒，他們身上的傷勢不輕，現在還在療傷。」基本上，這兩兄弟沒看到小玖醒來，當然不放心療傷、想守著小玖，不過這點被仲奎一暴力鎮壓了。

受傷的人，就要有受傷的樣兒。

就他們兩個重傷半殘的狀況，還想守著誰？

不得不說，一向看起來不怎麼穩重的仲大叔，發起火來還是挺唬人的，當然他的話也很有道理。

在兩兄弟實力完好的時候，都護不住小玖，現在至少實力減半，別說保護了，恐怕還會拖累小玖。

最近的一個事實就是：他們兩兄弟，也是被救出來的。

而怎麼被救的？

除了看見一片紅光與一個模糊的紅色男人身影外，他們什麼都不記得，只記得很氣，然後就失去意識了。

再醒來，他們已經回到帝都，身在仲奎一的宅邸。

「至於阿北……暫時沒有危險。妳先告訴我，這個人是怎麼回事？」仲奎一指著陰星流問道。

在神遺山谷驚變前，陰星流就來到他面前，只說了一句話——

「我在這裡等九小姐。」

然後他的宅邸門口，就多了一尊門神。

仲奎一連反對都沒時間，因為當時他很忙。

在跟某個不請自來、差點被他當成敵人打一頓的男人談妥後，仲奎一就急著趕去煉器師公會。

誰知道看到那些閒到聚在一起蹺腳泡茶吃東西的長老們，開口還說不到三句話，神遺山谷就火光沖天了。

但就在那一瞬，他也看到眾位長老各自不同的反應。

驚訝、懷疑、擔心的，很正常。

驚訝、假裝懷疑、眼神一點都不擔心，嘴裡說得著急但是動作慢吞吞不趕著去查看的，就很耐人尋味了。

「他說要跟著我，我就讓他先回來了。」掐頭去尾截掉過程，小玖的回答簡單得讓仲奎一對她直瞪眼。

「對了，神遺山谷現在變成怎麼樣？」小玖有點好奇。

「浮空之島毀了，神殿完全被燒毀，整座浮空之島掉落到地面，變成大大小小的土塊，但是島上的火沒有滅，反而延燒整座山峰，怎麼樣都滅不掉，最後一直燒到山谷出入口。」依仲奎一身為煉器師的判斷，這火絕對有詭異。

小玖有點目瞪口呆。

蒼冥說是毀神殿，結果是那一峰全毀了，又一路燒到入口——剩下的全是被波及的，被波及的範圍，比主要目標還要大。

蒼冥一出現，果然大手筆。

「現在，神遺山谷也不必人看著了，出入口被燒，現在沒有人進得去。幸運的是，大部分進去參賽的隊伍都逃出來了。」雖然大大小小受了不少傷，但是受傷總比沒命好，這些人要滿足了。

說到這裡，仲奎一看著小玖——

「只不過，這場火來得莫名其妙，妳知道放火的人是誰嗎？」這絕對也是天魂大陸最新的熱度話題之一。

當時在神殿的人就幾個，阿北躺下了不算，那兩兄弟沒看清楚，唯一看清楚的陰月華直接以「突然出現的紅髮男人」來回答，表示根本沒見過那個人，而小玖……

等等，小玖這次回來，是不是少了什麼東西？

一隻……小狐狸?!

紅色，對，紅色。牠，等於他。

可能嗎？

「救我的人。」小玖這回答真是春秋筆法到了極致。

完全不能滿足仲奎一的好奇心。

「神遺山谷有五峰，燒了一峰，其他四峰呢？」發現仲大叔有追問的意圖，小玖立刻轉移話題。

「有一峰不知道為什麼消失了，其他三峰倒是看起來還在，但是，完全找不到可以前往那三峰的路。」仲奎一有去探查過一次，所以知道得比較清楚。

他對那座消失的一峰，比對被燒的那峰感興趣多了。

「這樣啊……」不管是燒了還是消失了，小玖決定，還是暫時別對人說真正的原因了。

「等等，我被妳帶歪話題了。」眼角瞄到陰星流，仲奎一想起來本來他們在說什麼了，立刻拉回問題：「他說要跟著妳，妳就相信了？」他家小師妹會不會太容易相信別人了？

「仲大叔，做人不能太多疑，腦袋憑空想太多、一齣又一齣，容易早生華髮，要警惕。」小玖語重心長。

仲奎一：「……」拳頭圓圓，想揍人。

「雖然我姓陰，但與陰家主並沒有母子之情，對陰家也沒有歸屬感。」陰星流突然說道。

仲奎一沉默了下。

陰星流的身世，在帝都並不是什麼秘密，他多少聽過。

自從陰月華成為陰家家主後，和她有一樣「喜好」的人還不少，導致在陰家中，與陰星流有相似身世的子弟還不少。

相反的，在陰氏全家族之中，有「夫妻名分」所生下的孩子，反而成為稀有品種。

只不過大部分在陰家出生、或回到陰家的子弟，跟外面的父親或母親都沒有聯絡，陰星流也是如此。

直到十歲那年，他的父親主動出現——雖然是悄悄的，但是在帝都，只要有人看到，大家就都會知道了呀。

大家這才恍然……啊，原來陰星流的父親是他！難怪陰星流天賦不凡，實力秒敗同齡人。

除此之外，對於陰星流最多的傳聞，就是他每天修練修練修練、進出獨來獨往；他跟家族以外、相近年齡人的點頭之交，比在同家族裡跟同一輩人冷嘲熱諷、互相陷害暗算要好多了。

這麼一個冷漠的人，突然主動對小玖好，這不能怪仲奎一要懷疑——這是正常反應，才不是多疑。

不是多疑不是多疑不是多疑！

還有，他才不老。

早生華髮什麼的，才沒有！

如果有，一定是因為她。

這個小師妹，太讓人又疼又寵又愛又怨哭笑不得了。

「我的父親……」陰星流遲疑又開口：「這件事我不能多解釋，但是我認九小姐為主，是真心的，我可以對天地立誓。」

仲奎一雙手環胸看著他，考慮了一下。

「看在你父親的分上，我暫時相信你。」

陰星流只點點頭，看向小玖。

挑剔了半天結果被忽視的仲奎一：「……」拳頭再度圓圓的了。

「陰家那邊，你不回去了嗎？」小玖問道。

「不必。」從團體賽開始，他早就成為陰家的棄子，陰月華不會在乎多幾個或少幾個孩子。

雖然他的天賦在陰家這一輩子弟中頗為出色，但也不是第一。

再加上他並不受陰月華的喜愛，連他有沒有參加帝都大比、人在哪裡，陰月華都不在意。

小玖看著仲奎一，「仲大叔，讓他先留下吧。」

「先發誓。」不是仲奎一多疑，而是必須慎重。

阿北不在，他對小玖的安危負有更大的責任——尤其是，他那個飄走的師父也特

別交代，要好好照顧小師妹。

仲奎一已經相當認清自己的長輩職責了。

陰星流引動魂力，身上浮現三星九角的魂師印，毫不猶豫地開口——

「吾，陰星流，以星流為名，以星流之名立誓，奉端木玖為主，守護效忠，此生不止，此誓不滅。」

話聲一落，天際響起一陣響雷。

「隆！」

陰星流魂師印之中的星印同時閃動了一下，而後緩緩消失。

仲奎一眼神挑了挑。

發誓挺誠心的呀，還有雷聲為證。

這小子的實力也很不錯，竟然已經天階九級了，再努力一下，就要晉入聖階；以他的年紀而言，天賦著實不錯。

有這樣一個人主動跟隨小玖，也是好事。

小玖卻瞪著他。

「你發這種誓，要是我不想接受怎麼辦？」

「妳不用想太多，只要讓我追隨就可以。」陰星流特別耿直地說道。

小玖還是瞪著他。

每個人——在這裡大概還要加上每隻獸，都是獨立的個體，有思想、有自我智慧、有行動力。

在她的想法裡，不太接受「主僕」這觀念，所以她對契約魔獸，非常消極。

但是現在來了個人自動認她為主，小玖非常不習慣。

「妳就當成多個跟班就好，沒事不用理他。」仲奎一拍拍她。

小玖白了仲大叔一眼。

「有實力的人，自然有人願意追隨；以後妳也會遇到更多這樣的人。妳要覺得高興才對，這證明妳的實力啊。」

這種說法，一點都沒有讓她覺得被安慰到，只有一種以後好像會有很大麻煩的感覺。

「順其自然吧。」仲大叔哈哈說道，然後轉向陰星流，「既然你發了誓，我也相信你不會背叛小玖，那麼大家在一起，就是有福同享、有難同當；如果陰家敢找你的麻煩，我們就把他們揍回去。」

陰星流遲疑了一下，才低聲說道：「謝謝。」

「不用客氣。」仲奎一很兄弟式地拍拍他後，才問道：「在剛剛的誓言中，你說以『星流』之名……」

「是我父親為我取的名字，也是我真正的名字。」

真正的名字，聽起來好像有很高大上的意義。

仲奎一鄭重地點了下頭，打住好奇心。再問下去就太八卦啦！

「那以後，就叫你『星流』了。關於陰家，你也不用太擔心，我想陰月華最近是不會有空理你的。」

「為什麼？」陰家又要做什麼事了嗎？

「小玖昏迷了三天，而你一直守在這裡，都不知道在這三天裡，帝都的天是變

了又變，差點變不回來。」仲奎一嘖了一聲。

「發生什麼事了嗎？」小玖問道。

「簡單來說，以陰家為首、和以端木家與皇室為首的世家打起來了，帝都裡打來打去各據一方，後來不知道怎麼回事，陰家被雷劈了，端木家族與皇室一派把握機會，頓時占了上風，將陰家與其依附的勢力趕出帝都。」掐頭去尾省略中間一語帶過，仲奎一說明完畢。

小玖只聽到一個重點，目瞪口呆了。

天雷，莫非是蒼冥？

難道蒼冥在離開之前，還去陰家逛了一圈。什麼都沒做，就坑得陰家本宅被雷劈……

蒼冥，真黑心。

不過，她喜歡！

「可是，我好像沒聽見什麼聲音。」陰星流遲疑地說道。

這兩方人如果打起來，不可能什麼聲音都沒有；而且這一片地帶一直很寧靜，他再遲鈍，也不至於到有兩方人打得天昏地暗他卻一點都沒察覺吧?!

「當然不會聽見，這處宅邸可是我精挑細選的……」好吧，精挑細選的是師父。「這裡有煉器師公會保護著，他們不會輕易動到這裡。」

不要以為煉器師公會裡的人只會煉器賺金幣、賺煉材，前代之前的煉器師們，更著重的是如何在強者環伺的帝都各種勢力中，保全公會的自主性。

所以，早早就研發出一套魂器，只要一經啟動，方圓百里都受到保護，不但隔

絕其外的各種傷害，連打鬥聲都隔絕了。

裡面的人出得去，但外面的人沒有憑證進不來。

這就最大程度保護了實力不足與受傷的人。

「……以前這樣的煉器師，才算是真正的煉器師。」仲奎一有些感嘆。

小玖的看法完全不同。

「器者，本無吉凶，本無善惡。煉器師所應該做的，是在煉器時，將煉材去蕪存菁、完美融合，使器呈現至最完美的境界；若是做不到這一點，即使想法與行為再大慈大悲的煉器師，也不能稱之為煉器師。」

善心與善行值得贊揚，但這與煉器師無關。

又不是要競選好人好事，善心和善行不是成為一名煉器師的標準好嗎？

「……這一定是師父教的觀念。」仲奎一嘀咕。「妳不認為，這是一種美德嗎？」仲奎一還想搶救一下。

「是美德，只不過與是不是一名煉器師沒有關係。」小玖簡單回道，然後拍了拍仲奎一的肩，「仲大叔、師兄，清醒點兒，絕對的保護也不見得是件好事，就像我們現在，完全不知道外面有多危險，一不小心就會成為被殃及的池魚。」

仲奎一：「……」總覺得小玖比他還老練，身為師兄的尊嚴何在？

「仲大叔，交朋友可以找好人，但是煉器師，不是好人的煉器等級就比較高啊。」小玖語重心長。

仲大叔，真的是個很正派的人。

隨心散漫的小玖被自家師兄的聖光普照了一下，不由得小小反省：她是不是太

不善良啦？

仲奎一抹了下臉，把話題拉回來——

「總之，帝都的各大勢力分兩邊，小打很多場、大打過一場勝負難解，目前各自醞釀力量，僵持中。」看著陰星流，「你既然決定脫離陰家，那麼這陣子就低調點兒，不要隨意露臉。」再轉向小玖，「而妳，要回端木家族看看狀況嗎？」

「端木家族有危險嗎？會不會滅族？」小玖問道。

「暫時沒有，也不會滅族，但是……」

「那就不回去了。」小玖直接定論。「麻煩仲大叔幫我留意一下，不是要滅族這種大事，就暫時不用告訴我了。」

仲奎一：「……」只有滅族才是大事，不知道端木家的人如果聽到這句話會有什麼感想？

他家小師妹，果然很有師父那種非大事不管的行事風格，魄力夠夠的。

不過……仲奎一大大嘆口氣。

「雖然妳不想理，但是陰月華，很惦記妳呢！」

第七十四章　內心吐槽大會

「她好好的?!」不會吧？

「她哪裡會不好？」仲奎一反問。

不是，小玖從哪裡感覺陰月華會不好？

她可是目前天魂大陸上唯一列名神魂師的人哪！

依魂階來說已經無敵了。

誰能讓她不好？

至於從山谷裡那些逃出來的人口中說的——蹭蹭就變神階、號稱是目前天魂大陸出現的第二個神魂師的北御前，現在就是個躺下的昏迷人士，比個普通魂師還沒威懾力。就不提了。

「好吧，那她惦記我什麼？」小玖內心暗暗吐槽。

蒼冥都毀了那座神殿，連帶山谷也燒了，卻讓她完好地從山谷裡出來，這不像蒼冥啊！

蒼冥沒有這麼大度量。

「她放話要端木家交出妳，嫁給她的兒子……至於嫁哪一個，可以讓妳選。」非常大度的語氣。

「她不會是還沒睡醒吧？」小玖懷疑地問。

「噗！」仲奎一笑出來。「我也覺得。」只有在夢裡才敢提出這種要求吧？

要小玖嫁過去？

哪來那麼大臉?!

「不過，這也可以想見，她對妳父親有多執著了。」男色誤人哪。「不過妳也別擔心，端木家沒答應。端木家主閉關出來了，他直接就拒絕了陰月華的要求，並且宣布絕對不會臣服陰家。」

端木老頭，總算有點魄力，這才像一氏之主。

小玖回想了一下。

端木家主，從血源關係上來看，就是她的祖父。

在帝都短短的五年中，她只見過這位家主兩面。

一面是她嬰兒時被北叔叔抱回端木家族的那一天，另外一面，是五歲測天賦的那一天。

嚴肅、公正，沒有親切和慈祥，也沒有特別的感情。

那就不用注意他了。

「我們先去看北叔叔吧。」小玖說道。端木家族的事，可以先丟一邊。

「嗯。」仲奎一見狀，也把端木家主丟一邊，順便對陰星流說：「你也一起來吧。」

陰星流默默跟上。

◈

「北叔叔！」

看見躺在床上的北御前，小玖這才明白，為什麼之前仲大叔要求陰星流發誓。其實不是為了她，更為著的，是北叔叔吧。

現在的北御前，等同一個沒有任何能力自保的人，要傷他太容易了。

但陰星流發了誓，自然就算是「自己人」，讓他知道，也無妨了。

小玖走近床邊，仔細診察北御前的情況。

「阿北的情況怎麼樣？」仲奎一問道。

他只是個煉器師，不懂詛咒療傷治病什麼的，只能問人。

「好壞各半。」小玖低聲回道。

壞消息是，北叔叔的情況，果然如她預想，若不能解咒，生命堪憂。

而好消息是，雖然詛咒發作，但北叔叔能撐持的時間，比預想中的要久，有二十七天。

也就是說，他們只有二十幾天能想救北叔叔的辦法；比蒼冥說的，多了兩倍多的時間。

「能救嗎？」仲奎一又問。

小玖沉默。

「不能嗎？」

「可以解，但是我現在實力不夠。」

「怎麼說？」

「等等。」小玖先以魂力，小心翼翼地探查北御前體內魂力的狀況，卻在一片被侵蝕的魂力中，感知到另外一股魂力，而且那股魂力，隱隱潛在北御前的魂力之中，幫忙抵抗魂力。

這股魂力的存在，拉長了北叔叔能撐持的時間，也因此，才有了二十多天的餘裕。

小玖收回魂力，在北御前周圍布了一個小小的陣法，三人這才移到屋外的涼亭。

「妳會布陣？」而且把煉器用的陣法，不透過煉材直接應用出來？

「一點點。」小玖其實有點懊惱。

書到用時方恨少。

陣法到用時才發現自己學得太慢啦！

以後真的不能那麼悠哉了。

仲奎一同時也在反省，他是不是有點懶惰了，總覺得小玖的煉器水平快要超過自己了。

不行，這樣身為師兄就太丟臉了。

等忙完阿北的事，他一定要好好修練，免得下回見到師父的時候，被師父笑。

「說說阿北的情形。」仲奎一正色問道。

「北叔叔身上的詛咒，跟師父所中的詛咒是一樣的，名為『蝕魂咒』，所以解咒的方法大致一樣；可是因為師父和北叔叔中咒後的反應不同，而且北叔叔所中的詛

咒已經爆發了，所以對解咒人的能力要求也特別高。」其實小玖有一些懷疑。如果詛咒是屬於少數人才會的功法，那對師父和對北叔叔下咒的人，會不會是同一個？

「妳直接說，要怎麼做才能幫阿北解咒吧。」仲奎一說道。他不懂詛咒，對於中咒後的情況聽得也是一知半解，不如先聽結論，之後再慢慢了解吧。

「首先，我的實力，要比北叔叔高，或至少也要持平才可以。」

仲奎一：「……」想掀桌。

這幾乎等於判了阿北死刑吧？短短二十七天，小玖就算天賦再好、底牌再多，也不可能蹭蹭地直接跳上神階啊！

仲奎一深呼吸、深呼吸，冷靜。

「還有別的辦法嗎？」

小玖低頭想了想。

當自身實力不足時，從前的傳承裡有說，可以借力量；但是這裡不同於以往那個世界……

也許可以試一試。

「我會再想一想辦法。師兄，在我找出方法之前，北叔叔的安全，就交給你了，不要讓人移動他或接近他。」小玖說道。

「……好。」猛然被叫「師兄」，仲奎一不習慣啊，遲鈍三眨眼才回神。

「星流，也麻煩你，在仲大叔沒空的時候，幫忙守著北叔叔。」

「好。」星流點頭。

「我回房閉關。」小玖一點都不浪費時間，起身直接奔回房。

等小玖的身影消失了，仲奎一才為時已晚地想起來——

「啊，小玖去閉關，那端木兩兄弟要是追著我要妹妹，該怎麼辦？」

星流沒有理他，直接換守在北御前門口了——來自玖小姐的初次命令，他一定要很好地完成。

仲奎一：「……」

他這是被拋棄了嗎？

一回到房間裡，小玖閃身進入巫界。

才踩到巫石的土地，一紅一灰的兩道光，就飛速衝向她。

小玖一手接住一個，露出笑容。

「焱，磊。」

「啾啾啾？」玖玖不要焱了嗎？

「沒有，不可能的。」小玖肯定的語氣。

「啾啾啾啾？」那為什麼讓那個壞蛋不給焱出去？

在神遺山谷的時候，她就有感應到焱醒了，但後來忙著打架，沒空細想為什麼焱沒出現。

現在，兇手出現了。

「那時候太混亂了，大概為了怕出什麼意外，蒼冥才沒有讓你出去。」還得替蒼冥解釋。

「啾啾！」玖玖壞！

「……」她冤枉。

「啾啾啾啾！」玖玖喜歡那隻狐狸不喜歡焱了哼！

「啾啾啾啾哇哇哇！」玖玖變心了玖玖變心了嗚哇哇哇哇哇！

叫到後面，焱大哭。

別人哭是眼淚揮灑。

焱哭是火苗凌空亂灑。

水滴可以怎麼灑，火滴一樣怎麼灑。

簡直快把周圍變成一片火海。

「不哭不哭，我一定喜歡焱多於小狐狸。」安慰的話立刻溜出來——小狐狸不在，偏心一點沒關係。

「啾啾？」真的嗎？

聽到小玖的安慰，焱馬上不哭了。

「真的。」認真保證的表情。

「啾啾啾啾。」那從現在開始我要跟著玖玖像以前一樣。

「嗯，好。」想起以前，小玖眉眼彎彎。

「喔喔？」一起？

磊發出的聲音，像石頭相磨的細碎聲。

「磊，你也能變小了？」小玖這才有空看到它。

原來的磊，很巨大；進了巫界後，它變小了點兒，只把焱捧在手心，但個子對一般人來說還是個巨人。

現在，則和焱一樣大小了。

焱像飛翔的鳳鳥，周身隱隱閃爍著焰光，真實大小的身形藏在光芒之中。

磊則和它的原形一樣，變小了一樣是個小小的人形，像一個石娃娃，只是除了小小的嘴，沒有其他五官。

焱大約半吋高。

磊也跟著半吋高。

「喔。」像焱。

「焱和你不一樣。」小玖搖頭。

這兩個放在一起，外型就是一種兩極：一個星光閃閃、一個灰撲撲。完全不同。

「喔。」像焱。

磊很固執，就是這一句。

「啾啾。」它是學我的。

焱甩甩翅膀，自豪著呢！

小玖無語了下。

磊是有多崇拜焱呀，什麼都要和焱一樣。

不過，這樣也好。

小玖摸摸焱，再摸摸磊。

「我們暫時不出去，我要找一點修練紀錄來看。」小玖說著，就一肩放一隻，走進屬於巫族的傳承山洞裡。

以祭祀之禮，恭敬地行完禮後，小玖走向收藏巫族傳承的洞室，找到借天之力的那一篇——

祭天舞：

合九黎心法，歷代各族巫女專習，通天地陰陽，可知禍福；借法天地，三光五行、集諸己身，可賜福解厄。

借法天地，解厄。

三光五行之力，嗯……

焱突然蹭了她臉頰一下。

「啾。」皺眉，不喜歡。

「喔。」皺眉，不喜歡。

磊，也蹭她另一邊的臉頰。行為完全學自焱。

小玖思緒被打斷，頓時哭笑不得。

「沒有煩惱，只是在想事情。」分別摸摸兩隻。

「啾？」想什麼？

「祭天舞，借天地之力。」

「啾啾！啾啾！」舞美美噠！玖玖美美噠！

「你看過？」

「啾。」嗯。

小啾應完，就飛了起來，張開翅膀跟細細的兩隻腳，左揚右擺、旋轉踏步，必要的時候頭還抬得特別高，轉著轉著還會飛起來，在空中又左踏踏、右踩踩，踮腳、彎身。

可以說，這舞學得是相當到位了。

但是礙於身形，焱胖胖短短的……小玖看得深呼吸、再深呼吸。

要忍住、忍住，不能笑。

焱跳完，直接飛回她肩上。

「啾啾？」好看嗎？

「好看。」這絕對是標準答案。

「啾啾啾。」要看玖玖跳。

「喔喔喔。」要看玖玖跳。

雖然不能跳舞，不過磊沒忘記湊熱鬧；焱說的話，磊也要說一遍。

「好。」為了北叔叔，這舞不但要跳，還得跳成功。

小玖摸摸它倆的頭，然後繼續翻看相關記載。

祭天舞，被稱為巫族秘傳，非巫族傳承者不能使用。

旁人就算有機會學了，也達不到祭天舞的威力。

能一舞祭天，達知禍福、賜禍福之能，除了心法，還需要巫族傳承法器，缺一不可。

傳承法器……

小玖想到，在主室旁的側洞府中，有一個就封置了一只半晶透、通器無瑕，似玉似石又似晶、長為一呎的法器。

其名：帝尺。

她記得，父親曾對她說過，這柄法器，代表巫族不滅，在她成年之後，便傳給了她。

只是上一世，直到她生命終了，她都沒有使用過。

小玖再看下去。

除了帝尺以及其使用方法，她還需要有一樣屬於自己的、融入巫族心法的法器。

另外，還有關於「祭天舞」的儀式、舞步，需要用到的法器，另外還有挑選日期時辰……等等。

需要準備的東西不算多，但法器需要她自己煉製。

至於引力部分……

「啾啾。」焱幫忙。

「喔喔。」磊也幫忙。

小玖恍然一笑。

「謝謝焱和磊。」

焱本屬五行之一，而磊，則為天地生養之物所化。

在引三光五行之力時，它們比她更容易。

小玖先將要點記下來，然後將原紀錄放了回去，再從儲物戒裡拿出藏魂一族的記載，繼續查看，重點放在功法魂技與詛咒部分。

她所修練的，一直是巫族的心法。

修練所得的力量雖然與天魂大陸有所相通，但有更多是她還沒有明白的不同之處。

這一次，她得弄懂才行……

神遺山谷驚變，帝都陷入混戰。

整個神魂大陸所有勢力一陣大動盪。

在陰月華驚爆晉階為神魂師、且要求大陸所有勢力歸附，卻被皇室與部分家族拒絕後，雙方開始爆發衝突。

而這一交戰，大家才知道，自家後院早就被滲透離間，不但家族實力大減，同時還被窩裡反。

奇怪的是，這一陣交戰中，陰月華卻沒有出現，反而在經過三天的混戰後才現身，將陰家與其依附之大小家族全數遷退出帝都，移往東南方向、距帝都一天路程的永明城。

也許，這也和陰家駐地被雷劈了不能住人有關。

陰家主要勢力退出帝都後，帝都城內各家族又經過兩天的清理整合，才將與陰家相關的人全部逐出。

至此，各家族也沒能鬆口氣，因為麻煩還在後頭。

皇家會議室。

在夏侯皇室出面召集下，帝都各大小家族與各方勢力全數到場參與，每方派二到四人作為決策代表。

皇室，以唯一親王夏侯明景、皇子夏侯駒為代表，夏侯亮為皇室護衛隊總隊長，留守會議室，負責控場。

端木家族，有族長端木如嵩，與長子端木定煥、如岳長老等三人與會。

公孫家族，由族長公孫詮帶領，其弟公孫議與嫡系公孫憬到場。

傭兵公會，雷擎會長親至，其子雷鈞，以及雷火傭兵團長蒙斯齊同參會。

煉器師公會代表，以會長石耀光為首，石昊、仲奎一。

商會部分，會長姬天朗罕見地露面，與其子姬雲揚、姬雲飛共同與會。

另外還有魂師公會、其他大小家族，無一不到。

每一家的領頭人物，幾乎都是平時在大陸上有著赫赫名聲的大佬級人物，平時再怎麼不出現，今天也來了。

單看這些在場的人之中，除了端木家族，其他在山谷裡見過陰月華的小輩，全都來了。

而大家到場、落座後，彼此對看彼此，心裡想著對方的狀況……

端木家族中，端木定灼一脈與半數長老叛逃。

公孫家族有兩脈出走，損失超過三分之一家族勢力。

歐陽家族完全依附陰家。

皇室則有幾名宗親與長老叛逃，人數雖然也不少，但沒有影響到整個皇室的實力。算起來，卻是四大勢力中損失最少的。

另外，傭兵公會近半大小傭兵團支持陰家。

商會內部本身被滲透不多，最大的損失在於位在陰家所屬的城鎮中，財物與不及撤退的人員，聽說會長非常心痛。

其餘大小家族與各方勢力，人員與底蘊的損失大約都在三分之一至半數之間。

至此，不算不知道，一算才發現，最近二、三十年來，陰家的聯姻與各種對家族以外勢力的發展，不但快速而且驚人，這些力量一朝脫離，各家族與各大小勢力實力與底蘊的損失幾乎要近半。

而且，這些人有不少都是大陸上赫赫有名、實力高強的人，他們……都和陰月華「交情甚好」。

天魂大陸第一女性家主，果然、很有魅力。

算到這裡，還沒有加上損失最多的煉器師公會。

事實上，在陰月華登高一喊之後，被滲透的煉器師公會還能存在，簡直讓人想要謝天謝地。

只不過就算公會仍在，但會員總人數驟減過半，高階的煉器師長老剩三分之

死囚之 歌
THE LAUGHI N G
DE A TH
ROW INMA T E
出版禁止
死囚之歌
長江俊和
Toshikazu Nagae

一，中低階煉器師被籠絡著依附陰家的也近半。

最重大的事，是副會長監守自盜的煉器師公會的庫房損失，完全是一個讓會長不敢公開的數字。

這些損失加總起來，足夠讓出走的煉器師們組成另一個煉器師公會了，原公會幾乎等於名存實亡。

幸好煉器師公會還有一些不明顯的底牌。

例如：像是仲奎一這種器階高、卻常年不在公會中出沒的煉器師們紛紛回到帝都，表示願意支持原公會，會長才沒有因此發愁悲傷到禿了頭。

不過，公會弄成這樣，也夠讓會長天天想辭職謝罪了。

但是辭了會長之位可以改變現況嗎？

不、能。

所以會長還是有擔當點兒，先想辦法解決問題，再去想要不要辭職的小問題吧！

這麼算一算，大家真是半斤和八兩，誰也別看誰家的笑話，也別想著要吐槽一下平時看不順眼的勢力了。

很容易被反吐回來的。

平時的小冤小怨眼神不順，現在就先放下吧，以後再說。於是最後，眾人齊齊把目光集中在會議桌右中位置上的人。

陰、月、宇。

傳說中陰月華最疼愛、最聽話、最愛護的弟弟。

他怎麼出現在這裡?!

見眾人就座，夏侯明景起身，開口說道：「各位應邀前來，本王代表皇室感謝各位。對於近日之事，想必各位都清楚，也已經明白今天這場會議主要的目的為何。「陰家與其附屬勢力以永明城作為據點，陰月華的野心不容小覷，爭戰必然無法避免。一旦雙方兵戎相見，我方也需要統籌力量、選出主帥。

「在選擇主帥之前，本王想先請問在場各位，是不是能代表諸位所在的家族或公會，對今日決議承諾絕對配合與服從？」

「可以。」端木如嵩率先附和。

「公孫家亦可。」公孫詮點點頭。

「傭兵公會願意配合。」雷擎說道。

商會、煉器師公會、各大小家族……各方代表也點頭，同聲表示同意。

「可以。」最後，陰月宇才開口。

所有人一致看向他，各種眼光都有，但沒有一種是相信他、把他看成是他們之中一分子的神情。

夏侯明景再度開口——

「陰月宇不贊同陰月華身為家主的作為，所以帶著與他有共同想法的人，離開了陰家。」真是非常含蓄的說法。

但是大家一聽就懂。

哦~就是陰月宇帶人叛出陰氏家族，陰氏家族同樣受到不小的損失，族人實力減三成。

聽到這件事，大家內心頓時平衡了，感受到某種安慰。任妳多有魅力、晉級神魂師、實力多強又多強，一樣逃不過被窩裡反的命運啊！

就算是神魂師，也還是個人嘛！不用太害怕。神魂師是很強，但是他們九星聖魂師、九星聖武師加起來也好幾個，以人數彌補差距，不信打贏不了。

「你與陰月華是親姐弟，在戰場上面對陰月華，你能護好一同作戰的同伴嗎？」端木如嵩問道。

「端木定灼是令公子，在戰場上相對時，你能毫不猶豫出手嗎？」陰月宇反問。

端木如嵩沉默了一下。

「果然是神思敏捷、言語俐落的小輩。」

「彼此彼此。」端木如嵩問這句話，何嘗沒有為難他的意思。「不過敬你是長輩，我可以回答你的問題：我會盡力護好同伴。」

既然做下選擇，就想過最為難的結果。

在他決定離開陰家時，未來要面對的一切就已經注定了。

夏侯明景見大家沒有其他問題，立刻進入今天會議重點——

「那麼，為了便於統一作戰，必須選出一名主帥，請諸位推舉人選。」

各大家族考慮了一下，一名小家族的族長先提議：「我推舉夏侯親王。」

夏侯明景在皇室之中，作風不算高調、也少在公眾場合中露臉，但沒人敢忽略

他的實力。

因為，他正是大陸上少數的幾名九星聖武師之一。

「感謝抬愛。」夏侯明景不慍不火地說道：「帝都聯軍，如果與永明城的陰家勢力開戰，本王自請一戰陰月華，屆時無暇顧及其他戰場，所以對於主帥一職，本王只能謝過。

「另外，除本王之外，皇室的軍隊出戰，將由夏侯駒與夏侯亮帶領，聽他們兩人號令。」

也就是說，如果要從皇室中選主帥，就挑這兩人其中之一吧。

夏侯明景主動將皇室的決定說清楚，這也充分表達出皇室與眾方勢力合作的誠意。

大家想挑剔也挑剔不出來。

不過夏侯明景這麼一說，但凡九星聖魂師與九星聖武師，等於都要自動謝絕出任主帥。

在場人士裡，有幾個臉色當場笑不出來了。

「親王高義。本家主亦不參與主帥之選。」端木如嵩也跟著說道。

連端木家主都這麼說，不管高興不高興，其他幾家的家主與會長紛紛表示，他們也不參與主帥一事，別推舉他們。

「主帥的人選，不如，就從小輩裡選吧。」商會會長姬天朗雙手交握，微笑地說道。

「小輩?!」幾個不是九星聖階的「老輩」，有點皺眉。

「是呀。」姬天朗不以為意，繼續微笑道：「這次的團體賽雖然意外頻頻，但是各家參賽的小輩們表現也是可圈可點，遇到突發狀況也臨危不亂、平安帶人逃生，這樣的表現，足夠領軍了。」

姬雲飛、石昊、雷鈞、公孫憬：「……」心虛。

他們能平安逃出來，跟個人能力不太有關係，跟北御前和端木家三兄妹比較有關係。

可惜他們都不在場。

「九小姐。」石昊非常耿直地說道。

「九小姐？」誰？

等等，他們好像聽過。

「或者端木六少、四少、夏侯皇子，都是主帥的好人選。」姬雲飛立刻補充說道。

直覺，這時候扯上九小姐，不是好事。

石昊幽幽看著他。

會為她招來麻煩。

姬雲飛無聲對他說道。

石昊這才不說了，但是臉上表情對著姬雲飛，明白表示：我很不高興。

不高興我也沒辦法呀……抹了抹額角不存在的汗，姬雲飛內心攤手回道。希望大家把石昊剛才的話自動過濾掉。

過濾，不可能的。

公孫家主立刻說道：「四少、六少、九小姐，好像都不在呀。」他笑得含意很深。

好像在對端木如嵩說：大家都這麼熟了，不用把優秀的小輩藏起來呀；就算他們會有點嫉妒，也只是氣自家小輩不如人，不會對你家的小娃兒做什麼事的。

「他們受傷不輕，不得不以療傷為先，才會不克前來。」端木定嵩沉穩地回道。

就算他還沒有見到小玖，也不妨礙他把面子撐得足足的，不讓人看笑話。

「那真是太可惜了。不過，這不影響推舉他們為主帥，大家說對嗎？」公孫詮笑咪咪地問道。

「對！」附和的人好幾個。

就是一定要把他們拖出來就對了。

「公孫家主這麼抬愛他們，本家主就卻之不恭，不過，他們三人中只要推舉一個就足夠了。我認為，令孫公孫憬，也是當主帥的好人選。」端木如嵩反把高帽子戴回去。

「端木家主這話過譽了，憬兒比起四少與六少，還是差了不少實力。」這是公孫詮的真心話。

不過端木如嵩把它當客氣話。

魂師公會推薦——

「雷鈞很不錯。」

「石少主也不錯呀。」雖然個性有點一言難盡，但實力是頂頂的。

「姬雲飛也值得推舉……」

大家一人推一個，結果變成各家少主或少爺的推薦大會了。

「肅靜。」夏侯明景一開口，眾人各自收聲。他這才提醒道：「主帥人選，需要實力足夠，也要能看穿全局戰勢、擁有及時的判斷力與應變力，不是吹捧與客套，所以推舉出的人選，還請各位盡快想清楚。」

剛才讚美別人家子弟的各家族族長大佬們：「……」

總覺得他們集體被親王嫌棄假仙虛偽和浪費時間。

夏侯明景：沒錯，就是嫌棄你們。

平常大家怎麼口頭上七來八去你來我往耗時間打機鋒，都沒關係。

但是現在危機在前，請大家拿出效率來！

不分時地地在口頭上客氣來禮貌去，心裡面各種吐槽和心機，大家是有多閒？

就是因為這樣，夏侯明景平時才不喜歡摻和大陸上的事。

有這種時間去跟人口頭花花，還不如拿來閉關修練出關歷練。

剛才讚美別人家子弟的各家族族長大佬們在沉默中繼續：「……」

知道你是修練狂、現在情況又真的比較緊急、你又的確實力很高我們就不跟你計較了。

會議室一陣沉默後，一直坐在位置上雙手交叉托著下巴的蒙斯悠然開口道：

「我提議，端木風。」

「端木風？」夏侯明景聽說過這個名字。

論天賦、論實力，都在自家侄子夏侯駒之上。

這幾年雖然遠離帝都在外歷練，但他為人爽朗、行事隨興卻極有原則，個性也很穩重可靠——除了他妹妹的事情之外。

「聽說他已經晉級聖魂師？」夏侯明景問端木如嵩。

「是。」端木如嵩點點頭，有點自豪。

夏侯明景點點頭，「是個好人選。」

「聖魂師」三個字，馬上輾壓一眾小輩。

晉級的沒有人家早，這也實在不能怪眾家小輩。

因為本代各家傑出子弟都還很年輕，普遍都在三十歲以下，天賦再高、修練再勤勞、修練資源給得再足，想在三十歲之前突破聖階，那還是需要很多很多運氣的。

只不過現下這麼一提出來，各家大佬們難免有點心酸。

煉器師公會這邊，石昊偷偷扯了自家老爹的袖子。

有九小姐的哥哥來，那九小姐還會不出現嗎？必須會啊。

快同意快同意！

會長石耀光簡直想巴暈自家兒子。你老爹的袖子快被你扯破啦！

他只好第一個開口：「我贊成。」

傭兵公會當然沒意見。

這人選就是他們家代表提的呀，會長總不能拆自己人的台。

「我也同意。」公孫詮也表態。

「我沒意見。」姬天朗也不反對。

這麼一來，幾乎各家都贊成了。

「那麼對戰時，就以端木家族為首，請各家配合，以制敵為首要目標，聽從指示。」夏侯明景定論。

以家族、自家勢力為作戰單位，再配合整體戰略，這樣可以減去培養默契的麻煩。

而讓各家小輩領軍，那老的還能不看著嗎？

萬一自家傑出小輩有個什麼閃失，他們再培養一個都來不及，豈不是要哭死？於是出戰時，自然會跟著，護持小輩們。

這樣也免去老一輩們為了點兒小事愛爭執亂吵架、不分時地先幹架的不良狀況。非常好。

接下來就帝都目前的守衛又商討了一番，同時派人留意永明城的狀況，會議速速開完。

一出會議室，端木如嵩立刻追上跑最快的仲奎一，叫住他——

「仲奎一。」

「有事？」仲奎一轉回身。

「小玖住在你那裡？」

「是呀。」

「請讓她回族。」端木如嵩一臉嚴肅。這是要求。

仲奎一打量了下他的表情，才回道：「我會轉告，但要不要去端木家族，由小玖自己決定。」真是一點都不了解他家小孫女。

小玖是被要求就會乖乖照做的人嗎？

真是呵呵的。

「以帝都如今的情勢，她還不願回族嗎？」端木如嵩微微皺眉。

他出關後，就知道了端木定灼做的好事。

幸好沒成。

可惜在他做出處置之前，端木定灼早就帶著人離開了。

真是他的好兒子！

但無論如何，小玖是定煌的女兒，他身為祖父，不能不管。

「這就要看『家族』在小玖心裡有多重要了。」仲奎一意味深長地道，然後一揚聲：「我可左右不了小玖的決定。告辭。」轉身，他昂首大步地走了。

「父親。」端木定煥追上來，後面跟著端木如岳。

「回吧。」端木如嵩覺得，仲奎一真是太不給面子。但身為五星煉器師，仲奎一自然也有不給人面子的底氣。

無妨。

先把小四和小六找回來。

小九，自然也會回來的。

第七十五章　再入神遺

巫界中，小玖盤膝而坐，持續修練狀態。

不一會兒，魂師印慢慢浮現。

只見一直以來只有一星一角的魂師印，現在已經變成三星九角，而她沒有睜開眼，似乎正在衝擊突破。

在她周圍的地面上，繪製著一幅與魂師印相似的星角圖陣，在星尖外圍處，卻以圖弧相連結，讓整個圖陣變成圓形圖陣。

奇特的是，焱站在其中一角的位置。

磊站在另一角的位置。

由這兩個位置作為起始，漸漸以點連線，讓整個圖陣發出亮光，最後集中於坐在中央的小玖身上。

三星九角的魂師印，隨著小玖魂力的運轉，九角突然黯淡下來，然後下一瞬間，魂師印突然發亮，四顆星齊齊發光，接著再亮起一角。

四星一角，代表一星聖魂師。

不一會兒，四星一角的魂師印突然又黯淡了三星，魂師印只剩一星一角還記著，然後慢慢隱沒。

小玖緩緩收攏魂力的修練，才睜開眼。從一星魂師到一星聖魂師的距離，也不過就是……一會兒。小玖囧囧有神，魂師印真是變心得太快了。

「啾！」焱高興地叫了一聲，直接撲向她。

「喔！」磊慢一步，同樣的動作也撲向她。

小玖只好再次一手抱一個，放在腿上，才摸摸它們。

「辛苦你們了。」

「啾。」不辛苦。

「喔。」很好玩。

「咦，磊這次沒有跟著焱說了？」小玖真驚訝。

「喔喔，喔喔。」跟焱一起，開心，玩，開心。

好像還忘了一個。磊想起來了，就再補一句——

「喔喔……喔。」有玖玖，也……開心。

雖然是差點被忘記，但是小玖要感到安慰，因為這比之前好多了。

經過這幾天的相處，磊已經和小玖很熟悉了，所以小玖很榮幸地成為磊在繼焱之後，最相信的人類。

真正把小玖當成一個同伴，而不是只是一個「對焱很重要的人」。

「我也很開心。」小玖笑咪咪的，然後開始看著陣法圖，查看陣法圖消耗的情況。

這個陣法，是她依據祭天舞裡的陣法圖，簡略再簡略，集中一種用途，然後結

合師父的陣法書提到的聚靈陣法布置而成。

即使是簡略的合成陣法，也不是一布就成功，她炸了三次，才布陣成功，使陣法順利運轉。

利於修練、也利於凝聚各種天地之間游離的靈氣。

再依據借法天地中的三光五行排置方位，然後讓焱和磊幫著試驗，看能不能聚集靈力、以及融入其他性質的靈力後，陣法圖是不是能順利運行，以及對修練者的影響。

結果就是……

這個複合陣法本身聚靈的速度，比原本單純的聚靈陣更快。

有焱和磊，又比沒有焱和磊的聚靈速度更快，而且靈力更加充沛。

然後，她順利晉級了。

而且，真正開始以藏魂一族修練魂力的方法修練，她也就明白，為什麼她始終只是「一星魂師」。

原因很簡單！

藏魂，「藏」魂。

既然名為「藏」，自然不會讓人看穿真相，除非她不再隱藏。

這大概算是血脈傳承功法的特殊性了吧。

雖然只是初入聖階，但距離神階又更近了一點。

只相差一階，借法提升之後，能與北叔叔修為持平的機率就又高了一點。

因為修改陣法，她把功用著重在收取力量提升自身。

不為蒼生不為宗族，只為一人。

所以祭天舞，不是原來的祭天舞，不適合使用帝尺，也不能使用帝尺。

另外，陣法需要靈力，才能運轉。

在這裡，因為是修練，她人就在陣法圖中，所以可以一邊輸入魂力啟動陣法圖，保持陣法圖的運轉，一邊修練。

但在她祭天儀式時，她的位置是移動的，無法持續輸入魂力，得找人代替才行。

萬一沒有人……小玖的眼神，轉向焱；焱立刻叫了。

「啾啾。」玖玖練舞。

「喔喔。」玖玖煉器。

小玖僵了一下。

「好，我知道。」這兩個，記得比她還熟呀！

因為焱心心念念想看玖玖跳舞，當然記得特別熟。

至於磊，純粹是覺得：煉器好呀！它有石頭還有粉，可以拿一點點給小玖用——不要一次用太多，它會心痛。

「啾（喔）！」焱、磊異聲同叫。

快開始！

「好。」被催的小玖，只好開始準備煉材。

首先是劍。

流影劍有裂痕，重新融煉，去蕪存菁後，再加入其他煉材，重新融煉凝製，由

九把改為五把、九劍統一改為一主四副。

其次，陣石。

主煉材由磊友情提供，輔以靈晶、玄石，刻錄陣法。主要用途，是直接布陣，不必當場刻劃，用完還可以收回。

其三，封器之物。

這是上次幫師父解咒時得來的靈感。

由師父身上解出的咒術被她封住然後暫時收放，這次如果能成功解除北叔叔身上的咒術，同樣需要被封存。

小玖有種直覺，這東西很快會用到的。

身為巫氏之女，還是相信直覺吧！

所以，還是煉幾個能封禁物品、靈物之類的封器，有備無患。

最後，是衣服，稱為「天衣」。

花了三天三夜煉製，再入定修練兩天恢復精神，小玖將東西收入儲物戒裡，將焱和磊先留下，才閃身離開巫界。

回到房間，小玖恍神一瞬，就打開房門。

她這邊一有異動，星流立刻飛身奔來。

「玖小姐。」

「星流，謝謝你。」看他奔來的方向，就知道他一直守在北叔叔那裡。

星流搖頭。

「不用謝，應該的。」

「仲大叔呢？」通常她一出關，仲大叔就會發現了吧。

「他去參戰了。」星流簡短地道：「四少和六少也被召回去了。」

「他們現在才開戰？還是之前打過了？」閉關半個月，小玖不知道現在外面變成什麼樣了。

星流把帝都的情勢簡單說了一遍。

「今天凌晨，陰家主帶隊，永明城數十萬魂師出動，帝都以幾位九星聖階高手為首，出城應戰，在兩城之間的東南平原打起來了。」

仲奎一身為煉器師公會長老，又參與了之前的會議，這一戰不能置身事外。

「我知道了。」小玖點了下頭。「我先去看北叔叔。」

走進北御前的房間，小玖撤掉之前的警戒陣法，再探查一次北御前身體的狀況。

北叔叔的情況，一如預估。

小玖重新布了防護陣法，才和星流走到屋外。

「你知道戰場在哪裡嗎？」小玖問道。

「知道。」不先解咒嗎？

看出他的疑問，小玖說道：「要解，不過得和仲大叔說一下；我們現在先去觀戰。」

「好。」儘管不明白小玖的打算，星流還是應好。

打開仲大叔屋宅的防護陣，兩人出了帝都，往東南方向飛去。

◈

遠遠的，煙塵沖天。

清晨開打，到現在日落時分。

戰局已經持續一整天，雙方依然戰得如火如荼。

血腥味，早在還看不見人影時，就已經聞見了。

小玖和星流在距離百里外的空中停下。

下方的地面上，各種閃光、噼噼啪啪聲不斷。

人聲、魔獸的吼聲，此起彼落。

「衝……」

「殺！」

「包圍！」

「不准退！殺……」

各種聲音充斥，雙方領戰者交錯喊令混亂得不得了，不管打對打錯，兩方打成一團，難分難解。

即使身為修練者，他們的眼力好，但要在近百萬鬥在一起的魂師武師大混戰中找出兩個人……很難好嗎？

但是，小玖先找到一個了。

在她所能看到最遠的前方，有一束龍捲風轉個不停，在混亂得搞不清楚誰打誰、誰擠誰的擁擠戰場中，硬是囂張地清出一塊中空地帶，把想靠近的人甩成空中飛人、或空中飛獸。

先找到一個，另一個也在不遠的地方找到了，他跟護衛背對背互相掩護著抗敵，身上染上不少血跡。

二人看起來都很安好，指揮族人向前突破。

小玖再看向周圍的戰況，就看到好幾個熟面孔同樣領人戰得昏天暗地，有人負傷、有人打游擊戰。

領戰者雖然沒有人喪失性命，但是兩方其他魂師們卻都有不少傷亡。

其中也有仲大叔。

仲大叔打架，看起來非常粗獷，像處處是破綻。

結果朝破綻進攻的人，都被仲大叔一招撂倒了；看起來他沒有危險，是別人比較危險。

「兩方傷亡似乎差不多。」小玖一臉深思。

「兩敗俱傷？」

「不一定。」小玖有種怪怪的感覺，轉而看向空中戰場。

雖然人數少，但是空中戰場的激烈，完全不是地面上那些能比的。

陰月華手持權杖站在中央，周圍被六個人圍著，陰月華沒有任何外援，以一敵六，卻絲毫不落下風。

「領域。」小玖一眼看出關鍵。

無它，因為她也曾經被這種情況弄得火氣很大。

「領域？」

「神之領域。」足以困殺任何領域中的人。「在浮空之島，她就靠這招，弄得大家狼狽到差點逃不出來。」

「聖階也不行？」星流問道。

當時他已經離開浮空之島，即使島上戰況再激烈，他也沒有因為擔心而違背小玖的命令再轉回島上，所以不知道後來的戰況。

「你看他們，」小玖指向空中那邊，「實力明顯被壓制，戰鬥的範圍不出十丈，這是她領域的範圍。」

打不贏、逃不了，在陰月華的領域內，對魂師的壓制尤其重；但即使如此，也沒有人退縮，反而全力反撲，戰況反覆持平。

這八個人之中，小玖只認得一個——蒙斯，一起吃過烤肉的。

另外還有一個人，她沒見過，但記憶裡有……

暫時不算重要的人，小玖跳開眼神，

「要下去幫忙嗎？」星流指著端木兄弟問道。

「不用，我們先回去。」

星流一愣。

小玖朝他一笑，「放心，他們應該打不久。」

◈

小玖和星流在午夜之前回到帝都，隔天凌晨，就聽說暫時休戰了。

星流看著小玖，一臉驚訝。

「其實不難判斷。帝都這邊，應該是各方全部參戰；永明城那邊，雖然魂師眾多、魂器多得可以用來砸敵人，但是領戰的魂師，卻沒有特別厲害的——那些依附陰月華的各方勢力，應該也有實力很強的魂師或武師吧？」

「有。」星流很肯定。

不說別的勢力，單就陰氏家族本身，就算陰月宇的出走，連帶帶走許多人，但陰家的高手，只會比那些出走的更多。

「那麼，這些高手都沒有參戰，你覺得正常嗎？」

星流懂了。

小玖認得的人不多，所以誰是誰通常就是……不知道。

但是實力是可以判斷出來的。

雙方交戰，真正實力高的人都沒出現；下方戰場上雖然聖階人數不少，但是比起帝都這方，數量上只能算持平，而且高階聖魂師幾乎沒有。

總不會，陰月華密謀那麼久、計畫那麼久、安排了至少數十年，結果七星以上的聖階連一個都沒有拐到吧？

而半空中，只有陰月華一個人出戰。

別人有什麼魂技，小玖可能不清楚，但是陰月華，她知道好幾招；可是剛才的

對戰裡，陰月華一招都沒用。

這表示什麼？

她實力不足？還是保留實力？

小玖認為是後者。

不過去旁觀戰況一次，還是有好消息的。

就是陰月華的神階領域，比之前在神遺山谷裡小非常多。

對於空間的變化，小玖的感應比其他人靈敏，所以知道領域的改變，並不是戰略，而是她所能布下的領域，就只有這麼大。

是權杖不夠力，還是她那隻鮫人獸不給力？

還是……蒼冥做了什麼事？

但是除了領域的大小，對於神魂師的攻擊力，陰月華確實是在示弱。

「保留實力、又保留己方高手，這一戰，像試探，陰月華沒打算要贏。但是下一回，當永明城再度進攻，那就是真正的勝負決戰了。」

「分析得好！」仲奎一的聲音從外面傳來，話聲才落，他的人已經大踏步走進來，然後很沒形象地癱進大廳的長椅裡。

「小玖去了戰場怎麼沒幫我打？」沒良心的師妹啊。

「有沒有幫你打，對你來說都沒有差別啊。」小玖一臉無辜。

「哪裡沒差別？」

「仲大叔，反正你都平安回來了，不重要的細節就不要計較了。」小玖轉移話題，「我準備要幫北叔叔解咒了。」

一句話，讓仲奎一滿口的抱怨立刻丟回去，連忙問：「在哪裡？什麼時候？妳都準備好了嗎？」

「準備好了，兩天……不對，現在剩一天半了，也就是明天午夜。地點：神遺山谷。」

「神遺山谷？」他沒聽錯？

「嗯，我算過了，那個地方很適合；日夜交替的時辰，也很合適。」

仲奎一瞬間把抗議都吞回肚。

要尊重專業。

「我跟妳去。」阿北解咒，他當然要在場。

「但是，陰月華的進攻可能很快就會來。」

仲奎一大手一揮。

「沒有我，帝都的太陽一樣會升起降落，他們一樣可以應戰。」他提供不少魂器作為支援，對自己的責任他是很盡責的。「但是阿北最重要的時刻，我一定不能錯過！」

雖然對小玖有信心，但是沒有親眼看著阿北沒事，他就不能安心。

仲大叔對北叔叔，是真愛呀……小玖內心偷偷吐槽了一下，才問道：「四哥和六哥情況怎麼樣？」

「沒事，表現得不錯。他們出關的時候，妳還在閉關，又逢端木老頭召集，所以他們只好先回家族，不是故意不等妳。不過，我聽說端木老頭叫了他們兩個回去後，也叫他們來把妳叫回去。」仲奎一的語氣，真有點唯恐天下不亂啊。

小玖狐疑地看著他。

「仲大叔，我怎麼覺得，你好像在期待看什麼好戲呀？」

「我是真的很期待。」仲奎一耿直地承認了，語氣還有點興奮，「端木老頭怎麼說也是妳的爺爺，他想叫妳回去，但是妳大概不太想回去，如果你們兩個都很堅持，那就會變成爺孫大對抗耶！」

他好期待看嚴肅權威一絲不苟的老頭，被有主見、選擇性尊老的小孫女氣得頭頂冒煙想發火又發不得的情景喔～～

小玖一臉無語地看著他，然後嘆了口氣。

「仲大叔、二師兄，雖然我知道最近你打架打得很苦悶，但是不能把樂子找到我這個幼小的小師妹身上呀！我會告狀的。」

呃！仲奎一立刻抹臉，表情從嘿嘿嘿的奸笑期待，瞬間變成沉穩可靠愛護幼小的慈善樣。

「小玖妳放心，我一定會幫妳，只要妳不想回去，我一定攔著，不讓端木老頭打妳。」可以不告狀嗎？

「……」雖然不滿意但是勉強可以接受，可以暫時不告狀。

仲奎一暗暗吐口氣。

小玖想了想，雖然覺得只留訊息沒見人，可能會被罵「沒良心」，但是為了避免節外生枝，如端木家又派人來、或是被陰月華那邊的人察覺跑來搞破壞，還是……沒良心一下吧。

心虛地在傳訊石裡留了訊息，分別傳給四哥和六哥，小玖說——

「仲大叔準備一下，我們立刻出城。」小玖說道。

「現在?!」馬上走?!

饒是仲奎一本人有點人來瘋，也覺得這次小玖比他還瘋。

「事不宜遲，遲則生變，我們馬上就走！」小玖馬上去將北叔叔移進巫界裡，然後出城。

星流自動跟上。

兩人的身影轉眼不見。

仲奎一：「……」

等等我！

神遺山谷。

過午時分，小玖與星流出現在山谷外的樹林裡。

在山谷被火燒之後，原本駐守在這裡的皇室護衛撤離大部分人，只留三小隊輪流觀察山谷的變化，隨時回傳，並在守衛上互相守望。

避開護衛隊的巡查，小玖看著入口消失了的神遺山谷。

現在的神遺山谷，和之前的神遺山谷，幾乎是兩個地方。

原本鬱鬱蒼蒼的樣貌，莊嚴沉肅、靜然並立的五座山峰，如今剩下……三峰半。

被蒼冥一把火燒了的那一峰最顯眼。

因為那一整峰都不見了，但是黑黑焦焦的痕跡還在，而且一路燒到入口。

而只剩下半峰的那座峰……那就是蒼冥得到王座力量的那座峰吧；還留下半峰，蒼冥還是很善良的。

至於其他三峰……

「神遺山谷入口雖然可見，但是已經無法打開了；而且焚燒的火焰雖然消失，但是入口附近的溫度卻高得足以燒死任何人與魔獸，所以山谷是進不去了。」星流低聲說道。

雖然一直守著北御前，星流也沒忘記收集外面的消息，尤其是關於神遺山谷和永明城的動向。

「嗯。」小玖點點頭。

火焚的痕跡對別人來說可能很麻煩，但對小玖來說，完全不是困擾。

先不說那把火是蒼冥放的，根本無法傷害她，她身邊還有焱在，哪種火能傷她？但是這把火對別人來說，的確是大問題，小玖也不想從這裡進去，免得驚動其他人。

看著另外三峰，小玖問道：「在這裡，你感覺得到那些山峰嗎？」

「感覺。」

「閉眼，不要運使魂力，只以魂力感應。」魂師印太引人注目了，會被發現。

星流照做，很快就張開眼。

「那一座。」半峰旁邊的那一座。

「那順著魂力感應，你應該可以進去。要去嗎？」能感應到，應該跟那座峰有緣，也許去了會有機緣。

星流立刻搖頭。

「我跟著妳。」

「你、們、兩、個……」仲奎一咬牙切齒的聲音，想吼人，但是只能壓低聲音：「都不用等我的嗎？」沒良心的！

「我們只是先來觀察，等你來了，我們就可以一起進去啦。」小玖笑嘻嘻、小小聲地回道。

仲奎一瞪她。

「這裡還能進去？」

「可以。」小玖伸出手。

一手拉住仲奎一，一手拉住星流。

「別反抗，跟我走。」小玖牽著兩人，避開護衛隊，就朝山谷入口走，一踏進焦土的範圍，仲奎一和星流同時感覺一陣熱度焚身。

「咻」一下。

在沒被任何人察覺的情況下，三人的身影，頓時無聲從原地消失。

一陣輕微的眩暈後，三人重新踩在平地上，小玖放開兩人。

之前去過的兩峰，一個處處荒涼原始、只有神殿華麗麗的紅光閃到讓人覺得快眼充血；另一峰則是人跡處處，像一般深山老樹林，但浮空之島上的神殿金光閃閃到讓人快眼瞎。

這一峰，第一眼的風景是：質樸、靜謐、平淡、普通。

小玖首先要讚美一下這座峰的審美觀，不會讓人看得眼充血或閃瞎眼。

他們所在的位置，是一處長滿矮草的平台，矮草貼地橫纏，行走其上，如履平地。

四周空無一物，遠望似有山嵐，看不見成叢的樹林，只有幾處散落的岩石，有大有小。

平台上安安靜靜，除了他們，再沒有別的聲響。

看著山嵐，小玖微有所感。

「這裡，似乎沒有別的生物。」到了一個陌生的地方，仲奎一第一個警戒的，是安全問題。

「好像沒有。」星流也是同樣的舉動。

「大溉沒有吧。」小玖沒有感覺到。

仲奎一有點無奈地看著她。

「為什麼選這裡？」

他們一點都不了解這裡，挑這裡作為解咒之地，會不會太不安全了？

「這裡地點合適，布陣也很方便。」小玖找了一個方位，拿出陣石，輸入魂力。

陣法圖立刻在地面上張開。

仲奎一的注意力立刻被陣法圖引跑。

「這是什麼？」一顆石頭變一個陣?!「這一部分……好像聚靈陣……又有點不像……」

「是聚靈陣。」小玖心念一動，北御前就出現在陣央。

小玖再檢查一遍，確定詛咒在他體內沒有惡化，稍稍放心。

仲奎一瞪著她，臉上的表情真是糾糾結結。

到底應該先驚訝小玖的儲物器可以藏人?!

還是震驚小玖居然把陣法合成了！

身為煉器師，兼習陣法，仲奎一首先知道，儲物魂器不難煉，但要容生物進入，他幾乎沒見過。

好吧，小玖的身世一直都有秘密，他也把這當成是秘密好了。

然而陣法合成……

小玖才拜師多久啊？陣法才學多久啊？原來的陣法就不好學了，更何況是改動、甚至合成。

而且剛才他看到了，一定不是眼花，小玖是拿出一顆石頭，石頭當場變成陣法圖了吧！

師父到底收了一個怎麼樣的小徒弟、給他找了一個什麼樣的小師妹？專門來打擊他的嗎?!

小玖沒去管他那一臉糾結得像包子上捏成一團、扭在一起的表情，只是很嚴肅地問道——

「師兄，你也懂陣法，你可以保證，在我解咒的時候，保持輸入魂力，不管發生什麼事，也能一直維持陣法運轉嗎？」

「可以。」不用強調，仲奎一也知道這多重要。

「我相信仲大叔。」小玖一笑，轉向星流，「星流，這段時間，就請你警戒；雖然應該不會有人發現這裡，可是小心一點，還是有必要的。」

「好。」星流點頭。

對於小玖怎麼安排，他都沒有意見，會盡全力完成。

「另外，如果仲大叔支撐不下去，就請你立刻補上，以保持陣法正常運轉為第一要務。」

「我沒那麼弱！」事關耐力，仲奎一抗議。

「預防萬一嘛。」小玖笑咪咪的，然後把怎麼啟動陣法、該用多少魂力的方法教給他們。「……記住，不管解咒中途發生什麼事、見到什麼情況，就算真的有人攻擊，你們也都不要管，只要保持讓陣法運行就好。」

「好。」兩人都點點頭。

再讓兩人分別試啟陣法，都成功了，才算學會。

「小玖放心，如果真的有人找來這裡，還想阻礙我們，我的魔獸會負責打人。」仲奎一說道。

「我的也是。」星流也說道。

小玖愣了下，才噗地笑出來。

「那就好。」她少算到這個了，不過有預計之外的幫手是意外之喜；不然，她其實準備了這兩隻。

把焱和磊放出來。

「啾啾。」玖玖玖玖。

「喔喔。」玖玖玖玖。

一隻小紅鳥、一個小石人，一左一右，飛到小玖肩上。

「啾？」要跳舞了嗎？

「明天晚上。」小玖回道。

「啾啾（喔喔）！」好期待！

這一放出來、一出聲，又讓仲奎一瞪眼，星流也驚訝了一下。

「他們、這兩隻……」是什麼？

「這是焱、這是磊，我的玩伴。」小玖介紹道。

仲奎一、星流：「……」這介紹完全不能滿足他們的好奇心好嗎？

小玖無視兩人疑問的眼神，轉移話題——

「先調息吧！明晚子時，就要開始了。」她先找了個位置，席地盤腿而坐，一副準備入定樣。

不能滿足好奇心的仲奎一與星流，只好也圍著陣法圖，一人一邊，三人分坐三方，各自修練。

第七十六章　祭天之舞，魂師之始

子時將近，三人各自從修練中醒來，起身而立。

明明無風，衣袖卻自飄揚。

小玖抬頭望著天色。

有月、有星，極好。

「啾啾。」我陪玖玖。

焱與小玖心意相通，長久以來的默契，小玖需要怎麼樣的支援，焱一定會做到，不用多交代。

「喔喔。」我也陪。

磊則跟著焱，一定配合。

「嗯。」不用說謝，她摸摸焱，也摸摸磊。

在臨近子時前半刻，她站到陣法圖上一個位置，仲奎一站定在啟動陣法的位置，焱和磊自動跳離她的肩上，落在一旁的草地上，與星流分立相對，形成左右護陣。

小玖魂力一轉，魂師光芒閃動。

四星一角，又狠狠驚了仲奎一一下。

不過他現在已經不那麼激動了——大概驚著嚇著，變成習慣了。

當光芒落定，小玖身上已然換上截然不同的全新法衣。

似絲似綢的白衣為底，攏至腰間，及下為同色長裙，一拽至踝；肩如束，長袖交疊翻覆間，以紅緞為邊綴、抽緞為帶，足履紅色長靴。寬長的紅色腰帶為束，中以紅金兩色長繩在腰腹間繫成如意，帶尾如流蘇垂落。

這一身，與平時的小玖截然不同，唯有頭上的小狐狸髮飾不變，其中兩束髮帶，垂至雙肩前。

無垢為白、紅為除厄。小玖的身影，獨立於夜空之下，有一種自然而然的莊嚴肅穆，讓人不敢輕褻。

子時一至，小玖開口：「啟陣。」

仲奎一端坐在啟陣的位置上，對著陣法圖，輸入魂力。

魂力一入，由啟陣的方位開始，點到點、連成線、合成面、延成圖，魂力過處，亮起淡淡光線，整個陣法漸漸「活起來」。

光線最後匯入的方位，是小玖所在位置。

她臉容凝肅，長劍飄於身前，左右手運以魂力，分別凌空書畫。

書畫無聲無息、無形無色，在她指尖畫過之處，留下紅色線痕，左右而行、上下交叉，匯成一組玄妙的圖文，旋繞在小玖身側。

小玖微閉起眼，拍手合什，無聲敬禱——

「巫族魂，異世棲，敬告天地。尊巫族規，端木玖奉行；巫氏一族，再現於

世。祭天舞起，尊天地、奉法則，今日一舞，借法天地，三光五行，借靈聚靈，諸災不生、諸厄驅除。」

行，拜禮。

三禮一畢，天上月亮，突然發出明亮的光芒，周際星辰，一閃一爍，光燦如晶。

一閃一閃的晶亮光芒，與小玖周身旋浮的紅色圖文相映，投照在四周空曠的草地平台上，出現令人難以置信的虛影。

紅葉樹、鎮牌樓。

亙古之息，肅然心清。

牌樓後方，看不清的瓊樓玉宇，跨時空而現，似假似真，顯在夜空下、又隱在夜空裡。

就在這一刻，遠處突然傳來一陣血光之氣，在星月的映照下，戰意滔天！

仲奎一、星流同時有所感應，也發現，此時此地，他們對四周氣息的感應變得極為敏感。

兩人望向同一個方向——東南。

難道又開戰了?!

天地之氣微亂，小玖合什的身影，似是不穩地搖晃了下。

仲奎一與星流同時緊張地看著小玖。

「啾。」

焱倏地飛起，撞上磊。

「咚。」

磊，竟然從小石人，變成一顆石頭啦！

焱翅膀一拍、一拍。

「咚。咚。咚。咚。」

聽似無章，卻蘊含節奏，自成旋律。

宛如擊鼓之聲。

鼓聲為樂，喚人心神，小玖穩然握劍，一劍畫出，劃斷日光之引，應著鼓聲踏步移挪。

劍光、鼓聲、星月之照，穩定這方氣息。

仲奎一見狀，瞬間收攝心神，不再關注遠方之事，專注維繫陣法運行。

應心法、奉天時，借三光，引五行。

劍勢緩，勢意長。

星月之下，天地之意。

星步挪移，旋搖飛舞。

踏空而轉，應月而行。

振袖翻飛，流蘇翩然。

皎皎身姿，如夢如幻。

在星月之光照耀下，宛如與天地融為一氣，周身的氛圍，彷彿更加綿長、更加平和。

人、獸、峰、影，盡付其中。

靈氣，益加濃郁。

時間，一分一秒過去。

隨著她身形的騰挪、劍勢的移轉，在她周身浮轉的圖文，一一隨著劍勢，化散於月光之下。

自星夜、到微曦，星月漸隱，日光映照。

三個時辰過去，五行方位，已然無形連結。

在劍尖劃下最後一個圖文，引往天際，小玖踏出最後一個方位，身形落入原位。

「五行之力，匯集一身。」

劍收勢，捻指印。

焱的鼓聲同時停止。

小玖放開劍，旋身盤腿而坐，任陣法圖上的光芒，集中匯聚。

仲奎一啟陣的身形搖晃了下，星流立刻替位。

他們都隱隱感覺到，這是緊要關頭，不能出錯！

仲奎一退至一旁，一邊調息、一邊緊緊關注小玖。

只見小玖身上的魂師印再度浮現，四星一角的星印，隨著陣法圖上的凝聚，漸漸開始衝擊。

二角、三角、四角……八角、九角……維持足足一刻鐘。

突然，九角光芒頓消。

第五顆星印，緩緩浮現，再亮起一角。

五星一角，確認。

仲奎一：「……」看著別人蹭蹭就晉階的感覺，忍不住還是有點心酸，但，更高興。

小玖，成功了！

還不只如此，星角繼續上升。

二角、三角、四角……九角。

五行之力，不只讓小玖晉入神階，還一下子衝成九星神魂師——跟囂張得自認天下無敵的陰月華，霎時拉開成天和地的距離。

小玖看似平靜，心識卻被牌樓所引。

踏過紅葉鋪地、穿過牌樓之門，在雙眼前神隱的瓊樓玉宇，卻在神識之中，怡然而現。

明明陌生、卻又熟悉。

高聳的玉樓之上，似有字跡。

小玖凝結心神想看清楚，神識卻驟然被彈回。

同一時間，由星期之光映照出的虛淡影像，盡數消失。

這又讓仲奎一和星流嚇了一跳。

一刻鐘後，陣法圖上的光芒漸漸散盡，小玖身上的魂師印再度恢復成一星一角，緩緩隱沒。

「收陣。」小玖睜開眼說道。

星流立刻開始收攝魂力，讓陣法圖停止運轉。

斂息收劍，小玖起身，走到北御前身旁。

「仲大叔、星流，你們都退出陣法圖之外，不要靠近。」

「好。」兩人同時退開。

小玖將手放在北御前額上，九星魂師印一現，神階的魂力，如一道白光，由前額開始，緩緩掃過北御前全身。

北御前因蝕魂咒而益顯晦暗的神色，開始慢慢恢復正常。

突然，他的表情痛苦起來，身上似有什麼要竄出來。

仲奎一跟著大緊張。

小玖神色卻變也未變，頭上的小狐狸髮飾動了一下。

「安靜！」小玖命令。

想竄出來的東西，頓時不敢再亂動。

「化形！」小玖再道。

從北御前身上，竄出一道暗光，化為一名黑衣男子，半蹲身姿在小玖面前。

小玖穩住北叔叔這邊，才伸出另一隻手放在他額前，在她身上的魂師印驀然由九星減為七星。

這種變化，不只仲奎一緊張，星流也緊張了。

焱拉著磊，咚咚咚跑到他們曾經待過的兩個方位上，待命。

小玖完全沒有分神注意四周，只集中魂力，一口氣逼出黑衣男子身體中的詛咒之力。

「呃！」

黑衣男子悶哼一聲，一道黑色的不知道什麼東西飛出來，燚立刻叫。

「啾！」

磊立刻跳起來，把飛出來的黑色東西，「蛤」地一口吞掉。

「啾！」讚！

黑衣男子踉蹌了下，雖然有點虛弱，身體卻感覺到許久不曾有的輕鬆。

詛咒解了?!

他驚訝地看了小玖一眼，又垂眼後，看向北御前。

小玖身上的魂師印，又減少兩角，但是小玖沒有遲疑，毫不吝惜地將魂力灌注在北御前身上。

北御前身上忽明忽晦，神色卻回復巍然不動，完全任人施為。

小玖按在他額上的手不動，另一手卻在他胸口上方張開、一握，凌空抽出。

一道暗影瞬間跟著飛出來。

不用燚喊，磊跳起來，又是一口「蛤」，吞下去。

小玖再重複原來的動作兩次，磊一樣「蛤、蛤」吞下去。

三次過後，北御前的眼睫，瞬間動了動。

「阿北好了?!」仲奎一神情一喜。

黑衣男子表情慎重，對著小玖一揖，然後化光遁回北御前的身體裡。

燚也鬆口氣，成功了。

小玖的魂師印再減為二星，她沒有絲毫可惜的表情，身形一動，就落在陣法圖上的日位上。

仲奎一和星流訝異地看著她。

在兩人不敢相信的眼光中，小玖重新啟陣，將剛才得到的五行之力，全部再落回陣法圖中，化為靈氣，然後，匯向北御前。

靈氣一入體，北御前就醒了。

「小玖？」他的記憶，還停留在浮空之島上的那一幕，但眼前的景象，卻完全不是那樣。

澎湃的靈氣一下子湧來，北御前沒有時間再思考、也不能拒絕，只好專心將靈氣化為自身的魂力。

靈氣一入身，像雨水匯聚入漸涸的深潭，迅速充盈他失去的魂力，與掉落的魂階。

這些魂力雖然還不足以恢復他原本的實力，但已經足夠將他的魂師印提升到天魂大陸所能接受的最高等。

陣法圖的靈氣消耗完、魂力也轉換完畢的時候，小玖的魂師印也恢復為原來的四星一角。

而經過祭天借法，將魂力運用掌握，一進一出之後，退回的魂師印在小玖的調息之間，又往前晉級為三角。

一夜之後，沒有外力補充，小玖從一星聖魂師，變成三星聖魂師了，這速度也真是讓人羨慕得想咬人！

但總體來說，解咒順利成功，值得慶賀！

大家還來不及鬆口氣、高興起來，就見小玖的魂師印，再降回一星一角。仲奎

一驚愣之間，就聽見一聲：「隆隆。」

小玖立刻抬頭，看著蔚藍的天空中，開始聚集雲層。

這情況，很、眼、熟！

「北叔叔……」想到北叔叔和蒼冥相似的來歷，小玖瞬間明白了。

「阿北?!」

「北大人？」

一個明白了，兩個很懵。

現在是個什麼情況？

借法成功，解咒成功，老天爺，卻不爽了？

相形之下，年紀最小的小玖反應卻最穩重，在天雷的環伺下，她沒忘記要先收陣。

先將陣法圖變回一顆陣石，收到她的手上。

再拿出記錄石，心念微動，將陣法的使用方式記錄下來。只要有靈晶，就可以啟動，把陣法圖當成聚靈陣用，在其中修練速度會更快，北叔叔應該會很需要的。

「小玖。」突來的雷聲，打亂了北御前的心思，雖然還沒有弄明白發生過什麼情況，但是解咒的感覺不會錯。

他的實力在恢復當中，替他承受詛咒多年的生死伙伴，終於也脫離詛咒的威脅，他很高興，真的很高興。

可是，在他看顧下長成的孩子，他大概再不能繼續陪著了……

「阿北，是小玖想辦法解的咒，她最辛苦。」仲奎一很快地說道。

「我知道。」北御前猜到了。

據他所知，詛咒唯「藏魂一族」功法可解。

雖然不清楚過程，但為了他，不怎麼喜歡修練的小玖硬是在短短時間內學會功法，成功救了他。

解咒有多難他不知道。

但是他所中的詛咒有多難纏，他深有體會。

小玖能做到解咒，付出的心力絕對不止一點兩點。

看著小玖身上不同以往的衣服，以及地上他看不懂的陣法圖，北御前一如以往，摸摸她的頭。

「小玖，辛苦妳了。」

千言萬語、再多感謝，只化為這一句。

小玖搖搖頭，才想說什麼，不滿的老天就搶先了。

「轟隆！」

這聲音，絕對是愈來愈近了。

北御前抓住小玖的手，將一只儲物戒放在她手中，眼神不捨。

「繼承了傳承，以後妳的修練之路，將靠妳自己，我不能再留在妳身邊，妳要好好的，知道嗎？」

北御前知道，真的開始修練藏魂一族的功法，小玖的魂師之路，才算真正開始。

以後會修練到何種程度，沒人可以預測。

不知道「他」若知道自己的女兒選擇的修練之路，會欣慰？還是會苦惱？

「我知道，我會好好的。」小玖眼眶一紅，點頭。

「這只儲物戒裡，有我送妳的東西，但是，只有在妳真正突破神階、或是到了神魂大陸，才可以打開來看，知道嗎？」

「好。」她又點頭，然後將陣石與記錄石交到北叔叔手裡，簡短說道：「記錄石裡有使用方法，會有用的。」

「嗯。」北御前收起來，伸手摟了摟她，又摸摸她的頭。

小玖孺慕地回抱住他。

「北叔叔，你也要好好的；我會好好修練，早日到神魂找你。」

「好，」北御前一下子笑開。「我等妳來，一言為定。」

「一言為定。」小玖也破涕為笑。

北御前轉向仲奎一。

仲奎一先不平衡地開口了：「終於想到我了？」沒良心！

枉費他為了阿北的事天天擔心又安排東安排西，結果……哼哼。友盡。

北御前不理他的鬧彆扭，開口就說道：「我走之後，小玖就麻煩你多照顧，別讓她被人欺負。」尤其是，端木家那邊的人。

其實，要比實力北御前不太擔心小玖；但奈何她年紀輕、輩分小，連排行也是最小的。

奎一存在最大的好處，就是他身分高，這點很好用，可以壓制很多人。

「這不用你交代，我也會護著她的。」哼！他家小師妹，不用特別交代他也會護著──雖然他覺得，這些人都想太多、窮擔心。

小玖是隨便就可以欺負得了的嗎？

實在太不了解小玖了。

北御前好氣又好笑地看著他，這才說：「奎一，辛苦你了，多謝！」

「這才像話……」仲奎一滿意了。

「轟隆！」

這次不只聲音變大，雲層厚了起來，電痕還閃了一下。

最後，北御前看著星流，回想了一下。

「你要跟隨小玖，就不能背叛，更不能有任何傷她之心。」

「我不會。」星流立刻搖頭。

「我讓他發過誓了。」仲奎一也說道。

北御前這才放心，然後頂著空中雷雲聚攏的威脅，迅速問道：「東南方是怎麼回事？」

「陰月華想統一天魂大陸，帝都這邊不從，兩方第三次打在一起。」仲奎一的回答真是簡短有力。

「隆隆隆……」

雷，要來了！

北御前最後再看他們一眼，放開他最不捨的孩子。

「要好好的。」千言萬語、再多不捨，最後，仍是這個願望。他一手照養大的

孩子，他最簡單、也最祈願的，就是她安好。

她好，便足夠。

「我等你們，神魂再見。」身影一閃，就往東南方而去。

仲奎一還來不及感傷，就想到——

「阿北該不會是想……」話還沒說完，就聽見一聲：「吼隆！」

雲層明顯還沒移到那，但是雷劈過去了，而且好像還打中了什麼。

總覺得這雷劈得很暴躁。仲奎一很脫線地暗暗想道。

緊接著，雷雲就飄著過去了，隱隱地還發出「轟隆隆轟隆隆」的聲音。

仲奎一黑線。

「還真的。」完全不浪費奔跑的雷電。「不過這種行為，怎麼好像似曾相識……」他喃喃自語。

啊，不久前，帝都陰氏府宅被雷劈。

雖然原因不明，但這雷電的行為，根本一樣！

看起來就像是追著什麼，一路劈過去、愈劈愈生氣。

「不知道這次是誰倒楣？」仲奎一摸著下巴思考。

以阿北有仇必報的心腸，這個被牽拖的遭殃人選……喔呵呵呵。

仲奎一正想得高興，就聽見一陣——

「啾啾！」玖玖漂亮！

「喔喔！」玖玖好看！

「啾啾啾！」玖玖跳舞特別好看！

「喔喔喔！」玖玖跳舞特別漂亮！

「啾！」不要說我說話！

「喔。」沒有學全部。

「啾啾！」只差兩個字！

「喔喔。」焱的話好聽。

「啾，啾。」好吧，那原諒你了。

「喔喔！」啾啾好棒！

「啾啾啾？」玖玖，什麼時候要再跳？

雖然剛才很擔心，但是「咚咚咚咚」很好玩。

「喔喔喔！」很好玩。

「能不用跳，還是不跳比較好。」小玖摸摸焱、又摸摸磊。

仲奎一真的覺得，這個動作很眼熟。

哈，剛剛才看過！

「啾？」為什麼？

「沒有不好的事，就不用跳這個，那表示大家都很好，這才是最好的。」小玖很認真地回道。

「啾啾。」玖玖說得對。

「喔喔。」玖玖說得對。

「小玖，妳懂他們的……話？」啾啾喔喔的，真的能溝通？

不過還能跟啾啾喔喔說笑，表示小玖真的放鬆了；阿北好了，小玖也就不擔

心了。

天知道阿北不得不昏迷的時候，小玖雖然看著沉穩，但卻一個勁兒埋首閉關想辦法，完全把自己放在腦後。

他是買一送一的擔心啊。

現在，他是買一送一的不必擔心了。

但還是要用力抱怨一句，有小玖在，阿北就是個沒良心的；小玖好了，他才有空關心別的。真是個壞朋友！

「懂啊。」小玖理所當然地點點頭。

「他們……到底是什麼？」要形容這兩隻，真不太容易。

直接叫小鳥？小石人？

仲奎一覺得自己會有生命危險。

其實真正令他好奇的是，剛才在祭天、和後來解咒的時候，小玖什麼都沒說，這隻小鳥卻都先一步做出反應。

這種默契，就算有本命契約，如果沒有足夠的了解和相處，也根本做不到。

小玖和這隻小鳥，簡直心意相通。

而且這隻小鳥給他的感覺很奇怪，他有點怕怕的……呔呔，不是怕，是有點……驚悚的？毛骨悚然的？

這兩個詞好像沒有比怕怕更好。

但這是很奇怪的感覺。

「焱就是焱，磊就是磊，就把他們當成我的魔獸伙伴好了。」小玖默默汗了一

汗，突然想到另一件事。

「磊，剛才的東西還在吧？」

「喔！」在！

「那好。」小玖取出之前準備好的封器——以後要記得在焱或磊那裡也放幾個，免得像這次一樣發生小意外，差點浪費掉。

「磊，一個一個吐，分四次。」小玖交代。

「喔。」好。

磊很乖巧。

「蛤、蛤、蛤、蛤」四次，每次間隔五秒鐘。

小玖同樣眼明手快。

吐、接、封。

一共重複四次，順利封好四個。

然後以魂力揉一揉，四個小封器，變成四顆小石丸了。

仲奎一簡直要看呆了，對小玖的美學，真是感覺到一言難盡。

「這個，妳要做什麼？」這是阿北那個詛咒吧？還可以成形的？

「說不定會有用。」

「但是這東西……」妳想怎麼用？用在誰身上？

小玖笑咪咪的。意思自己意會。

仲奎一：「……」冷。

「好了。」收好小石丸，看了看四周。

所有的痕跡都不見，山嵐依舊、草地平整。

四周乾淨整齊到像是連一根草都沒有減少，完全找不到有人存在的痕跡。

「這裡……」仲奎一懷疑。

怎麼會連氣息也一點變化都沒有？昨晚明明波動得很劇烈。

莫非這是個幻境？

小玖朝著昨天顯示出瓊樓玉閣的方向，拿出儲物戒裡常備的食物。酒、菜、肉、水果、零食，樣樣都有，擺好放在草地上。

接著後退三步，拍手、合什、行禮。

「打擾了，謝謝照顧，端木玖告辭。」

「打擾了，謝謝照顧，仲奎一（星流）告辭。」兩人統一動作。直覺告訴他們，照做比較好。

「咻……」

一陣風吹過，草地上的食物全部飄向山嵐，消失。

仲奎一和星流目瞪口呆。

「這、這？」結巴。

是誰在這裡？

這裡到底是哪裡？

小玖怎麼會知道要祭禮？

「我不知道，就山峰啊，那個算是謝禮。」大概看出他們啊啊啊問不出的疑惑，小玖好心地回道。

兩人看著她，不懂。

「假設這座山峰是有主的，那我們借了別人的地方使用，給人家一點謝禮，不是應該的嗎？」

嗯嗯，很應該。但是……

「妳怎麼知道要給謝禮？」

「不知道，我是猜的。」

「……」瞎貓碰上死耗子？

「啾。」笨。

「喔。」笨。

「……」這次一定不是錯覺，他們被這兩隻鄙視了。

「不要在意這些細節。」小玖笑咪咪地揮了揮手，然後一臉嚴肅地道：「我們還有正事要做。」

「什麼事？」

勾勾手，「我們去看看，誰被雷劈了吧？」

「……」這是正事?!

第七十七章 最後一戰，硫金之擊

帝都東南平原。

地上的血跡還在，平原上的戰意未消。

相隔不過三天，帝都各方聯軍，與永明城以陰家為首的聯軍，於子時再度開戰。

帝都聯軍統領各家的領軍者大致不變，只是由端木風一人為首，改為加上夏侯駒、公孫憬，三人代表主三翼，其他各家各方，則依著這三翼，形成一個扇形的隊形。

而永明城的聯軍，卻由一名看似三十歲左右的女子帶領，在她身後陰氏家族的隊伍裡，出現與端木風這一代少年天才們年齡相似的年輕男女們，同樣各帶一小隊，追隨主翼隊形前進。

另外，光明傭兵團、歐陽家族、煉器師公會、端木家族與其他中小家族的人，同樣各自形成一翼。

與帝都聯軍扇形包圍的隊形不同，永明城聯軍卻是前寬後窄的倒梯形，前方齊頭並進，主攻，後方負責支援各翼。

雙方主隊甫一照面，不約而同各自鎧化。

一時間，各種獅虎狼猿、比蒙聖龍、鼠龜魚鱷……等，天上飛的、地上走的、水裡游的，統統現身，讓人目不暇給。

其中最讓人注目的，還是陰家的隊伍。

這一群八、九名男女，身上魂師印一現，從五星天魂師到六星聖魂師都有，華麗的戰鎧、主攻擊型的魔獸，更將他們襯得英姿勃勃、神采奕奕。

比起端木風等人，實力、魔獸，皆不遜色。

偏偏這些人，他們從來沒有聽說過、更沒有見過。

「我是陰星妍，陰家聖主之女，你就是端木風吧？」陰家為首的女子，同時也是魂師最高的六星聖魂師，看著端木風，昂首問道。

陰月華之女？

帝都聯軍這方的人突然發覺，在帝都大比之前那些成名的陰家嫡系子弟，現在一個都不見；取而代之的，是這些陌生男女，而且恐怕……他們都是陰月華的兒女。

有人脫線地想：陰家主到底生了多少兒女？

各族長老們則是面色黑了一半，內心一千隻想咬人的魔獸馬奔騰而過。

他們是陰月華的秘密伏兵？

一個個的修練走向……完全模仿他們天賦最好的子弟，擺明了就是為了對付他們各家的子弟而來！

陰月華果然是蓄謀已久！

她是不是還有別的兒女沒出現?!

「找我有事？」端木風冷著表情。

離開神遺山谷後，他一直沒有見到小玖，雖然仲大叔說她沒事，但他就是不放心，偏偏為了這場戰，他不能守著小玖。

於是，一向瀟灑隨興、給人好相處印象的端木風，這半個多月來的形象完全向端木傲看齊。

冷傲。

話少。

討厭廢話。

速戰速決。

「是你就好，你是我的。」陰星妍說著，身形才一動，轉眼就到端木風面前，手刀即將襲上他頸間。

端木風神色未變，身形卻化風挪移。

短短一招，幾乎未及眨眼便已結束。

各家長老們一震。

速度好快！

果然是沖著端木風而來。

端木風身形飄忽，右手一揚，一聲令下：「戰！」

身後聯軍頓時齊向前湧，喝聲通天。

「衝！」

「殺！」

端木風一句廢話都不多說，他身形如風，御風成刃就反擊回去。

陰星妍同樣御風刃應擋。

「咻」一聲，她的風刃一削即斷，她更是差點受傷。

陰星妍一愣，接著緩緩一笑。

「母親說得沒錯，你果然很強，值得我認真打一場！」她情緒激昂，全身魂力湧動，整個人如一陣風捲，襲向端木風。

端木風立定在原地不動，周身外三尺處卻圍繞著風捲，形成一層保護牆，將陰星妍擋了回去。

「哼！」又一次失敗，陰星妍卻眼神一笑。

端木風忽感一陣不對，立刻回神。

魅惑?!

「別看陰星妍的眼睛，進攻！」他一句喝聲，幾個因為關注這邊戰況的人瞬間從愣神中清醒來，立刻別開眼，越過他們往前衝殺。

「呵……」陰星妍神情柔媚，笑容迷人。

「難聽！醜！」端木風不避不閃，直視著她的眼睛。

陰星妍同樣看著他，身形輕躍動，緩緩接近他，即使他神情嚴厲，她卻是愈笑愈柔、愈溫婉。

這樣的柔婉姿容，足以將任何鋼鐵心，化為繞指柔。

端木風，也不例……呃！

她一靠近，端木風直接出手，扼住她咽喉。

「醜八怪！」

陰星妍終於變臉。

「你……」她握住他的手，想拉開。

「陰月華那一套，不必在我面前用，我看到只想揍扁妳們的臉！」端木風如她願地放手，但是另一手揮拳，含帶風勢揍中她一隻眼睛。

「碰」一聲，黑眼圈免費奉送！

「噗哧。」戰場離他不算近，但是正好看到這一幕的石昊，忍不住噗笑一聲。兩顆眼睛，一黑一白，哈哈哈。

「端木風！」

「不用叫我，看著妳，我就想揍妳的臉。」跟陰月華相似的形態、直接想到陰月華，就想到他們受傷，小玖一個人奮戰，最後好像……被個男人救走了……他和四哥想、揍、人！

至於什麼禮遇女人、男人風度什麼的，在天魂大陸上沒有這種東西，只有強和弱，所以打臉一點問題都沒有。

那個男人到底是誰?!

「哼！」但陰星妍可不會再給他機會打到她。提起手勢，魂力隨之凝結成風力，「鷹翼之風！」

風力分為兩股，一左一右掃向端木風。

端木風巍然不懼，反而踏向前一步、再踏向前。

在他周身三尺外旋轉的風勢隨著他向前的腳步向外擴散，增強、增寬，直接迎撞上陰星妍的鷹翼之風。

聖階魂力對碰，魂力形成的龍捲風瞬間捲成一團暴風，這兩人周身立時出現一區真空地帶。

如果硬是進到兩人戰鬥的範圍，那被刀風捲殺，只能算你倒楣。

端木風被纏住，端木家族的子弟們同樣被擋，端木傲、端木玨、端木修等第三代嫡系子弟各領著一隊人向前衝殺，卻與對方纏鬥在原地。

負責壓陣的長老與第二代端木定煥等人，同樣被端木定灼領人攔住。

「三弟！」端木定煥不明白，一個女人，還是一個心不在他身上的女人，就能讓他連家族都不要了，甚至背叛家族?!

「戰場沒有父子兄弟，大哥，不要留手，否則這會是我最後一次叫你大哥。」這個提醒，是端木定灼最後的兄弟之情。

不只是女人，實力、權勢，同樣重要。

既然選擇一條與家族相悖的路，今天的局面他早就預料到，一旦下了決心，他就不會再糾結，也不會遲疑。

「三弟，現在回頭，還來得及。」這一代兄弟，只剩下他們兩個，端木定煥並不想真正與弟弟手足相殘。

「你現在同意歸附月華，也來得及。」那就不必兄弟相殘。

「端木家不會依附任何人。」端木定煥堅定地回道。

「那下一任的家族長，就換人吧！或者是，我再造另一個端木家族。」

「三弟，你……」端木定煥話聲未落，端木定灼的刀已經揮氣而來。

端木定煥迅速換位，避開刀氣。

「戰場上，不必多說廢話，你不必留情，因為，我也不會留情。」說完，端木定灼揮動手勢，身後的三脈子弟，立刻圍攻而來。

端木定煥不得不回擊。

「大哥，你知道你最大的缺點是什麼？」端木定灼一掠身、瞬間揮刀。「你太優柔寡斷了！」

端木定煥閃避不及。

「鏘！」

竟然被擋下?!

端木定灼訝異，抬眼一看，擋住刀的人，不是端木定煥，而是——端木傲。

「小四！」端木定煥趁機攻擊，逼退端木定灼，反身看著端木傲。

他持鋼的雙手虎口，已經迸出傷口。

那不是被刀氣所傷，而是受到的震盪過大，雙手經脈受損。

端木定煥面色一變。

「你護好自己，別管我。」經脈受損，很容易影響以後的修練。

「沒事。」端木傲知道自己的傷勢，不算重。

「聽話，先去療傷。」端木定煥將端木傲推送到比較安全的範圍，讓端木玨護著，自己則轉身攻擊端木定灼。

這一次，他真的不再留手，兩人頓時戰得難分難解。

同一時間，各家族各方勢力也都被擋下來，遇到的情況，大致相同。

端木家族遇上端木定灼與陰家主翼軍，皇室護衛隊從旁側攻，挽回端木傲等人的弱勢。

而公孫家族遇上歐陽家族，煉器師公會與商會聯合應戰原煉器師公會副會長段緡瀾所帶領的，傭兵公會與陰月宇則遇上光明傭兵團與陰家部分隊伍，其他中小家族，同樣遇上差不多等級的中小家族……

地面上打得難分難解，隊形一下子散開，而空中的戰區，雙方卻一直按兵不動。

同樣被納入神之領域，除了上回的六人、還增加了三名大陸聖階散修共九人，但在領域之內，實力依然受到壓制。

九對一的戰局，本來預估會有勝算，然而陰月華的契約魔獸卻現身了，使得領域內神階的威壓，比上次更盛！

即使是九人合攻，勝算也大大降低，而下方的戰局變化，也讓人有些分心，讓他們暫時採取不動以應變。

「陰月華，妳果然不愧是陰月華。」端木如嵩一下子就看穿了她的算計。

三天前的一戰，只是試探，難怪她輕易喊退。

那場對戰，讓她看清了帝都的實力，即使有所誤差，也在一定程度之內，她所保留的實力，足以輾壓這些差距。

上一次，是帝都聯軍的氣勢與實力，還能稍稍壓制永明城的聯軍。

這一次，即使主要領隊者在對戰中不落下風，但是整體上，帝都聯軍的部署是全面被克制住，儘管勝負未分，但士氣與實力，一股作氣的意志，都被壓退了回來。

看清這一點，幾大家族長的面色都黑沉黑沉。

陰月華輕笑一聲，「我的實力，怎麼可能讓你們全部看清？現在，諸位還有後悔的機會，只要臣服於我，可保平安，我保證既往不咎。」

「不可能。」端木如嵩斷然拒絕。

夏侯明景、公孫詮等人同樣主意不改，散修三人，更是不會同意。

能修練到高階聖魂師、聖武師，哪一個不是經過各種考驗和歷練，心性早就穩固，豈會為了活命臣服求饒？

如果會怕死、會臣服，今天就不會參與這場對戰。

「那就沒什麼可說的了。」陰月華不怒卻笑，對下方說道：「帝都聯軍聽著，現在臣服者，既往不咎，若繼續反抗，殺！」

最後一個「殺」字，陰月華灌注魂力傳聲，神階的威壓，使聖階以下的魂師們心神震盪，修為愈低，受影響愈大。

夏侯明景立刻出聲：「修練，就是與天爭命！只有向前的意志，沒有臣服的苟活；任人一嚇就退，那不是魂師、不是武師，而是懦夫！」

沉穩的語調，不是喊話，而是陳述，卻比空喊口號更能穩定人心。

「夏侯皇室，不會退縮！戰！」夏侯駒首先應和。

「端木家族，戰！」端木傲言簡意賅。

「公孫家族，戰！」公孫憬不落人後。

「煉器師公會（商會、傭兵公會），戰！」石昊、姬雲飛、雷鈞，同樣喊道。

「從陰家出走，我沒想過要回去。」陰月宇緩緩說道。

陰月華沉沉看著他。「你，太讓我失望。為什麼？」如果說陰月華數十年來的算計有什麼意外的話，那就是陰月宇。

原以為姐弟同心，共同進退。

卻沒想到最不會、最不應該背叛自己的人，卻背叛了。

陰月華至今想不通。

「妳所追求的，與我不同。我想要的強悍，也與妳不同。多說無益。」真正的原因，陰月宇不會說出來。

在決定與仲奎一合作那一刻起，他就不會再回頭。而且，他想要實力、想得到力量、想變強，但是，想要這些，不是以犧牲自我、奉獻靈魂的代價去獲得。

他絕不接受放棄自己的意志、從此聽命於某人，來換得瞬增實力的機會。

那樣的強大，有何意義？

「既然如此，那就由你開始，神罰！」權杖揮落，雷電之力，直擊陰月宇。

然而遠方，一道身影飛掠而來，後面緊追的，是不依不撓，歪了也要打出來的雷擊。

「吼隆！」

身影閃開，雷擊正好打中落下的雷電，雷電瞬間潰散，而雷擊繼續橫衝而去，陰月華將權杖擋在身前，雷擊卻先打在領域上，將領域打出一個洞。

那道飛快掠來、卻躲開雷擊的身影這才在空中現身。

「北、御、前！竟然是你，你居然沒事?!」陰月華咬牙切齒，簡直不敢相信。

「放心，我一定活得比妳久。不過，這大概是最後一面了，永別。」在天空雷擊打下之前，北御前一掠就消失。

結果劈來的雷擊，又打在領域上。

「哐啷」一聲。

領域頓時碎散。

「合擊！」端木如嵩立刻喊道。

沒有領域壓制，他們可以全力發揮。

九人同時打出最強攻擊，九道聖魂（武）技直擊陰月華。

「神之守護！」陰月華旋轉權杖，一邊飛退，海魅同時護在她身前。「鮫之鎧。」

九道聖魂（武）技，完全被化消。

「神罰！」陰月華反手一擊。

「呃！」

「哇啊！」

沒有被權杖打過的三名聖階散修頓時受傷，其他六人雖然及時退擋，但同樣無法毫髮無傷。

即使沒有領域壓制，他們九人卻連陰月華一招都擋不住。

九人的表情，實在算不上好看。

一階之距，就這麼難以跨越?!

「既然不願意臣服，你們就慢慢體會絕望吧！」陰月華下令：「不降者，殺！」

海魅一飄身，鮫人的療癒技能賜下，永明城聯軍凡有受傷者，傷勢轉眼痊癒。

永明城聯軍頓時士氣昂然，衝殺得更加猛烈。

「殺……」

帝都聯軍頓時被猛攻得有點手忙腳亂，受傷連連。

「我不信，神階不可匹敵！」夏侯明景手指劍氣，擊向陰月華。

陰月華一揮權杖，輕鬆格擋，反手一擊，卻是指向地面的夏侯駒。

「駒兒！」夏侯明景臉色一變，卻救不及。

夏侯駒本能察覺危險，手上青色長棍護身。

「呃……」神階魂力的衝擊力，讓他後退好幾步，嘴角溢出血跡，但與他對戰的陰家女子立刻趁隙攻擊。

「阿駒！」端木風察覺，易天戟疾射而出，及時救了夏侯駒一命。

陰星妍卻沒放過這個機會，緊接著又以魂技攻擊。

端木風卻瞬移挪位，繞到陰星妍後方以魂力反擊。

三息之間，兩人已經過完好幾招。

夏侯亮則立刻支援，截住陰家女子，為夏侯駒爭取到一點時間。

「謝了，小心被偷襲。」夏侯駒接住替他擋下一擊的長戟，反手丟了回去，沒漏看剛才陰星妍的作為。

陰家的女人就是小人陰險毒蠍心！

完全不能跟小玖比。

夏侯駒抬起頭，多考慮一秒都沒有，一棍就撼動氣勁打向空中的陰月華。

夏侯明景見他安然才鬆的那口氣，頓時差點岔咳。

這小子，神階是他能打得到的嗎?!

但是被攻擊不還手完全不是夏侯駒的風格，打不打得到另說，但是打回去是一定要的。

夏侯明景內心：「……」熊孩子！

「小心，那柄權杖，不是普通魂器！」石耀光提醒道。

「……」八人瞪他。

這個時候才提醒，會不會太慢了?!

「神之審判……」陰月華的聲音，驀然響起。

只見她高舉權杖，權杖之光，衝上天際。

海魅同時發聲——

「啊……」鮫音惑。

在場所有聽見的人，身形為之一頓、神智一恍。

「……天罰。」語一落，權杖之光如雨點般落下。

「住手！」九人臉色大變，根本阻止不及。

「呃啊……」

「哇啊……」

被落下的權杖之光打中的人，頓時發出哀嚎。

「鎮定、集中。」端木風一喝聲，易天戟撐起一小區防護。

「端木子弟，集中！」端木傲立刻喊道，一鐧搭上易天戟，將防護的小小範圍擴大了一倍。

「皇室護衛隊，右側集中。」夏侯駒的長棍，同樣延伸防護範圍。

公孫家，各家族與各公會，同樣各自撐起防護，連成一片，抵禦權杖落下的光芒，各家長老們跟著支援，增加防護的堅固度。

「雙頭異行。」端木如嵩的聖魂技，從兩邊夾擊陰月華。

海魅身形游動，「碰、碰」兩聲，聖魂技就被擋開。

「端木族長？」

「快出手，不能讓她有空！」不然，她會先朝各家子弟出手。

他們的修為低，根本抵抗不住鮫人的音惑。

八人一聽，立刻一個接一個，不求合攻即中，但要讓她沒時間注意到地面上。

「狂沙橫掃。」

「劍指蒼天！」

「血披秋色。」

「狂浪滔天！」

「……」

九人九招，一招接一招，陰月華就算不怕，也一時無法再繼續支援權杖之光。

但是纏住陰月華，下方以陰星妍為首的陰家子女卻合招了——

「縱橫天下！」八招魂技合成一股巨大的光球，挾帶風勢迅猛無倫地射向端木

風、端木傲、夏侯駒等人連成的防護。

「哐！」

「呃……」

一招擊破防護，端木風、端木傲、夏侯駒等人紛紛受傷。

陰星妍見狀，以剩餘的一半魂力，再度發出聖魂技——

「鷹捲風雲！」

刀削般尖銳的風力，趁端木風不備，在他身上的鎧甲留下無數刮痕。

端木風魂力一震，就將陰星妍發出的鷹風震開；相似的風刀立刻反擊，卻發出不同的威力。

「風嘯！」

風力襲過的範圍，不只是陰星妍，更波及到她身旁的姐妹，陰家姐妹立刻散開。

「嗚……嗚……」鮫人魅音響起，空中、地面，眾人一陣恍惚。

「魂技合一。」陰星妍低聲一喝，陰家姐妹再度使出各自的最強魂技，趁這個時候直接轟向距離很接近的端木傲、夏侯駒等人。

「玄！」端木傲及時喚出魂獸戰技，擋下合一的魂技。

「砰！」

雖然擋下，他整個人卻被衝擊飛退丈餘。

「鷹嘯千里！」陰星妍一揚魔獸鎧甲，整個人有如一道鷹影，疾速飛向端木風。

端木風凌空抬腿一踢。

「咚！」

「啊！」

陰星妍整個人被踢飛。

夏侯駒等人，以「這才對嘛」的眼神看著他。

早就應該這樣了。

他們對女人沒有偏見，但對刻意模仿他們又來噁心他們的女人很有意見，只想打扁她們！

陰家姐妹們也很想打扁他們！

合招之後，她們立刻再度各自攻擊離自己最近的帝都聯軍，因為一陣雷電而分開兩邊的聯軍，再度混戰成一團。

「海魅。」同一時間，陰月華一喚。

海魅瞬間移到她身前，連擋公孫詮、雷鈞、石耀光三道攻擊，讓陰月華有一息的時間……

「神之審判……神罰！」

權杖發出耀眼的光芒，一束巨大光球形成，驀然爆破！

「轟……」

在空中的九人，首當其衝！

「呃啊！」

「哇啊！」

「呃……」

九人全部被轟飛，沒有吐血的也當場重傷，失去再戰之力。

爆破的光球繼續飛散，含著金色的火力，宛如流星墜落。

「啊……啊……啊……」

一被光球砸到，即使身著聖階魔獸的鎧甲，依然擋不住光球之力，整個人如同被火燒身。

「玄！」端木傲手上的雙鐧擲出，立刻化為水系防護罩，瞬間擋住數百顆光球。

「嗚嗚……痛痛……」神識裡，玄嚶嚶哭。

契約魔獸的感受，端木傲也感受到了。

「玄，撐著。」他低語。

「嗚……嗯……」

光球與防護罩，發出「滋滋」的聲音。

端木傲向後踉蹌了一下。

與他對戰的陰家女子立刻凝結魂力——

「天之魂技！」

端木傲避無可避。

「呃……」整個人被擊飛。

「哇啊……」雙鐧驟然落地。

失去防護，光球全數落了下來。

「咻！咻！咻……」

「該死！」夏侯駒一看，立刻喊道：「有水系魔獸的魂師，立刻撐開防護！」喊完，立刻丟下自己的對手，朝端木傲撲了過去，搶先要擋下追擊過去的陰家女子……

但是根本來不及。

「阿傲，快閃開！」夏侯駒只能大喊，眼睜睜看著……就只差那一點點的來不及！

他少喊一句話，就追得上了！可惡！

但是為了撐防護耗盡八九成魂力、又被天魂技擊中的端木傲，僅剩的力氣，已經無法擋住下一擊……

「阿傲（小四）！」端木如嵩、端木風、端木珏等人，驚急得紅了眼，根本無法救援。

「不……」

「磊，看你了！」

「啾！」

一顆小石球像從天外被丟來，就在陰家女子即將打中端木傲前一瞬間，突然在她頭上變成一顆大石頭……

「咚！」

連人帶招，壓落地。

「砰……」

掀起煙塵無數。

空中眾人：「！」目瞪。

周圍眾人：「！」口呆。

戰場上突然一片靜寂。

還沒完，又聽見一陣……

「啾啾啾！」

空中還沒落下的無數小光球，全被一道疾速飛過去的小紅影啾啾啾地吸光光。沒了。

「啾、嗝！」

還打飽嗝?!

空中眾人：「！」眼睛已經不會動了。

周圍眾人：「！」嘴巴張開就闔不了。

那個，就這麼壓死了？

不是，是壓成……肉餅？

那個把光球吸光光……又是什麼……呃，魔獸？

這一刻，他們的眼睛不夠用、腦袋好像也不太夠用。

陰月華陰沉著臉，看著飛身落地，扶住端木傲的……

「端、木、玖！」

一同趕來的，還有兩個人。

「仲奎一。陰、星、流！」

仲奎一看看空中、再看看周圍，嘖嘖搖了搖頭，萬分痛惜地道：「我不過晚來一下下，你們就打成這副模樣，真是太不爭氣了。」

被評為不爭氣的夏侯駒、端木風、公孫憬、雷鈞、石昊、姬雲飛、端木玨等以及同輩子弟們：「……」

我們、打得很辛苦好嗎……

還有，你不是晚來一下下，是晚來快五個時辰……

「好像也不能怪你們。」仲奎一的目光轉往空中，看著不是吐血就是重傷的那幾個：「老的們都被打成這樣，你們這些小的……也不能算糟了。」

老的們：「……」共同心聲：這一場打完了如果還有命，誰都不要阻止我揍仲奎一！

而端木如嵩沒空多瞪仲奎一好幾眼，只是不由自主把眼神落在那道藍色的小身影上。

這是他第一次，見到長大後的小玖，而且，是不再癡傻的小玖。

在她身上，有一種他很熟悉的氣質，瀟灑、恣意、不受控。

讓他既想念、又想生氣。

「四哥。」小玖輸一點魂力給他，左手再一張，落地的雙鐧自動飛到她手中，交到他手上，「還好嗎？」

「小玖。」端木傲罕見地露出笑容。「我沒事。」雖然有點虛弱，但看到小玖，什麼事都沒有了。

小玖一笑，「那你休息一下，換我來。」

小玖扶著他，直接坐上大石頭……底部的一個小凸起上。

「喔喔。」這樣他不能動了啊。

「幫我保護我四哥一下。」

「喔。」磊沒意見了。

小玖朝星流點了下頭，星流立刻移身到端木風身邊，態度很明顯。護著。

夏侯駒等人：「……」有妹妹，真的很不錯啊！

不過，有一個人才不管別的，只蠢蠢欲動想衝到小玖身邊來。

仲奎一就不用交代了，自己意會：其他人都算他的——師妹對他真「好」！

小玖一躍身，就到空中。

遠飛的小紅影又咻地飛回來，落到她右肩上。

同一時間，陰月華的權杖打到她額前。

小玖橫劍以擋。

「鏘！」

劍、杖相抵。

權杖發亮、劍身閃著冷芒。

陰月華神階氣勢壓過去。

小玖什麼都還沒做，燚紅光一閃，目標是醜女人的眼睛，因為太討厭了——海魅及時擋住。

但是海魅一沾上燚，卻慘叫一聲。

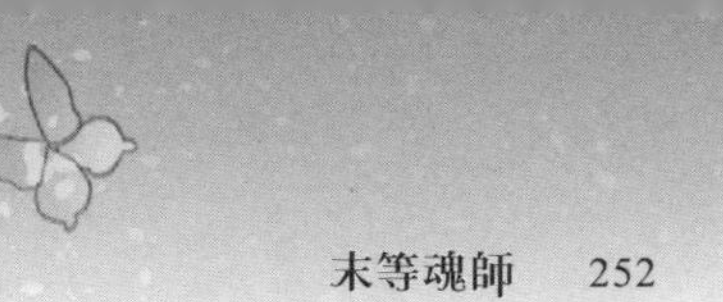

「啊！」有著鱗片的左臂，整隻灼傷！

同一時間，四把隱身的副劍顯形，絞向陰月華。

陰月華順勢飛身而退、拉回海魅。

「傷得怎麼樣？」普通的火傷不了海魅，但是現在海魅的手臂，表面卻在焦黑中。

陰月華神情微變。

「小心，那不是普通的火。」海魅低聲地道。

「啾啾。」焱蹭蹭小玖的臉頰，撒嬌。

「燒得好！」小玖稱讚。

焱頓時驕傲。

陰月華瞇起眼。

「看起來，妳不只是實力提升，還有了好幫手，現在出現，是妳以為這樣就能打敗我？」她的氣息的確提升了，但是，遠遠沒有到神階。

小玖偏著頭看了看她，又看了眼四周，不答反好奇地問：「怎麼沒有領域呀？」她還以為，她一來得先想辦法打破領域哩！

「剛才被一道雷劈了。」蒙斯立刻回道。

小玖一愣，噗地笑出來。

雖然北叔叔沒劈到人，但是把人劈得無法使用領域，這戰果，很可以！

「沒有領域，也一樣能讓你們灰頭土臉，吐血重傷。」陰月華神色不變地說道。

「那也是。」看他們一個個灰頭土臉的悲壯樣，就知道對上神階，他們輸得有多不甘願。

「所以妳現在趕來，是想送死嗎？」能親手殺了端木玖，陰月華也很樂意。

「當然不是。我沒想過要打敗妳，這種自知之明，我還是有的。」端木玖很務實，不作白日夢。

眾老的們：「……」這娃兒會不會太實誠了點兒？

小玖繼續道：「只不過妳在浮島的神殿裡，送了我一樣大禮，我認為，有必要來回禮一下。」

「回禮？」陰月華懷疑。

她哪有送什麼禮？

小玖只一笑，伸手一握，一柄金色的短形魂器憑空出現。

猋突然衝飛過去。

陰月華立時往旁一閃……「砰」！

細微的聲響，幾乎要被人忽略。

陰月華卻全身一顫。

不一會兒，她痛苦地扭曲了表情……

「啊啊……」

海魅一驚，想查看主人的時候，他卻同樣也感覺到身體裡經脈一陣抽痛，像血脈從身體裡被剝除的感覺，讓他痛得也忍不住叫出聲……

「啊！」

所有人一悚，忍不住摀耳朵、關閉五感！

鮫人的尖音，太有攻擊力了，五感關閉得慢的人，耳朵立刻受傷出血。

陰月華不由自主蜷著身體，身上魂師印浮現，在所有人的注視下，竟然開始降階！

五星一角、四星九角、四星八角、四星七角……

「這……」每叫一聲，是一角的降級，聖階魂師們，看得毛骨悚然。

「啊啊啊啊……」陰月華還在叫。

……三星五角、三星四角、三星三角……

所有人只能驚愕地看著她不斷痛苦地慘叫。

短短一刻鐘，陰月華的魂師印，從五星一角，降到一星九角……一星二角、一星一角……

魂師印，消失了?!

陰月華的痛叫聲停止，現在的她，不再妖嬈美貌，反而是灰白的髮、發皺的皮膚，老態龍鍾。

她瞪大眼，自己都不敢相信，還來不及反應，整個人就從空中掉了下去。

「主人！」海魅立刻撲向她。

一人一獸，一起掉落到地面，倒在地上。

海魅仍然保持護著她的姿勢，即使到這個時候，他的生命同樣即將邁向盡頭，他仍然沒有捨棄自己的契約者。

小玖看了這樣的海魅一眼，心裡輕嘆口氣。

「怎、怎麼會、這樣……」陰月華喘息著，看著旋身悠然落地的端木玖，滿眼不信、不甘心。「妳、到底……對我……」做了什麼？

「北叔叔所受的痛苦，奉送妳感受一下。」小玖低聲說道。

北御前！

她哪有做什麼?!

陰月華瞪直眼，還來不及再說什麼，就這麼不甘心地，斷氣了！

海魅同時斷氣，現出巨大的原形。

緊接著，一人一獸的身體，卻在風中，一點一點、漸漸風化，最後消失得一點不剩！

所有人：「?!」沒有最驚嚇、只有更驚嚇！

他們已經完全想像不能了，無法解釋現在看到的一切。

一個神階，擁有一隻神獸、讓全大陸所有人都拿她沒轍、只能任她宰割的神魂師，就這麼被她……弄死了?!

而且是真的死了！一點都不剩！

如果她還想做什麼……

注意到某些人微微變了臉，仲奎一心念一動。

「做得好！」他大聲道：「如果沒找到方法救阿北，阿北就會和現在的陰月華落到一樣的慘況；把她造的孽還給她，應該的！」

事實是怎麼樣，無須對別人解釋。

無論別人怎麼想，仲奎一就是把陰月華現在有這種下場的原因，歸咎到她自己

身上就對了。

不管別人信不信，反正他信了。

小玖何等敏銳，當然也注意到了。

焱卻有點生氣。

人性而已，不必動怒。

小玖伸手安撫他，再朝磊伸出手，磊自動縮小，飛回到她的左肩上。

至於被他壓住的肉餅……不必看了。

「仲大叔，四哥、六哥，你們忙，我先走了。」她笑著說完，轉身一閃，身影瞬間消失。

星流見狀同樣一閃身，與小玖同進退。

至於這些人的想法、那些還活著的帝都聯軍、永明城聯軍會怎麼樣，都與小玖無關了。

第七十八章　尾聲

三個月之後。

同樣的地點，皇家會議室。

幾乎是原班人馬的與會者，但已經改寫了天魂大陸中州原有的主要格局。

原為一朝三家三會。

夏侯皇室，端木、公孫、歐陽三家，煉器師公會、傭兵公會、商會。

現在仍然一朝三家三會。

只是其中的三家之一——歐陽家族，已經分裂成好幾個小家族，實力大大降低；而陰月宇所帶領的陰家，則除了原有跟隨陰月宇出走的陰家人之外，於東南平原一戰後，再收攏遷至永明城的陰氏族人，整合實力後一躍成為三大家族之一。

雖然大陸的戰爭隨著陰月華的消逝很快平息，但是永明城聯軍的後續處理，與之前各家各方所損失的人員與財物，卻不是那麼容易可以恢復。

光是肅清人員，他們真忙了三個月。

「各位，這次會議，主要是針對戰爭後的一些問題處理，希望能取得一致共識。首先，請問各位家主與會長，從平原大戰結束後到現在，可有什麼人是必須通告全大陸，讓大家警戒的嗎？」夏侯明景作為主會人，作風一如既往，客套和廢話都沒

有，直接切入重點。

眾家主、會長，搖頭、搖頭、搖頭。

基本上，大戰停止後，各家叛徒先由各家自行處理，不說他們能自行懲治，就算還有漏網之魚，他們也可以自行追捕。

說出來讓大家警戒不等同發通緝令兼顯示他們無法處置自家的叛徒嗎？這麼無能的名聲，他們不想要。

「很好，那接下來，是關於各家財物損失的問題。」夏侯明景刻意頓了頓語氣，成功看到大家黑了三分的表情。

人，好找。

東西，好藏。

結果就是，沒有人知道陰月華將東西藏到哪裡。

而陰月華死後，她本人所擁有的儲物戒，在最後清理平原的時候，他們都沒有找到。

那些與陰月華最接近的男人與子女，沒有一個人見過這些東西。

「我找過陰家府邸，與各個可能藏匿的秘室，都沒有找到。」事關陰家，陰月宇主動說道。

「你真的找過了？一樣都沒找到?!」公孫詮問道，語氣有些不信。

那麼多東西全部不見，總不會都自動消失了吧？

還是說……

「我，陰月宇在此立誓，若發現陰月華私自取走之各家財物魂器，一定示於公眾，絕不私自藏匿，若違此誓，從此魂階再無寸進。」話聲一落，陰月宇身上魂師一閃；立誓，成！

陰月宇看向公孫詮，「這樣，公孫家主相信了嗎？」

「呵呵，相信。」公孫詮訕訕回道。

其他會長以嶄新的眼神看向陰月宇。

沒有了陰月華的壓制，陰月宇本人的行事作風，與以前大不相同。不裝風流，乾脆俐落、絕不拖泥帶水，開闊明朗、不走小道。

如果這樣的行事風格不變，未來的陰家，將會更加強盛。

倒是公孫家主這質問的語氣……

「陰家主的話，大家應該都聽見了，各位還有疑問嗎？」夏侯明景問道。

比起各家各會的各有立場、各有打算，夏侯明景只堅持該行之事，沒有任何預設立場，保持中正之心。

「沒有。」一致同聲。

「那麼，財物的事，之後還請陰家主多費心。」夏侯明景客氣地道，表示對一族之主的尊重。

「應該的。」即使人已逝，但留下的麻煩，總是與陰家有關；陰家如果還想好好在天魂大陸上立足，就必須給出交代。

至少，他們的態度和誠意必須要有。

「那麼，各位還有其他事務需要提出討論嗎？」

「不是討論，只是有件事，想請問定嵩兄，三個月前在東南平原，令孫女最後

對陰月華用出的攻擊，到底是什麼？」

「不知道。」端木如嵩的回答，真是簡單有力。

「小九自小癡傻，離開帝都後，與家族一向不親、也少有往來，三個月前從東南平原離開，就再也沒有出現，我也不知道她在哪裡。」

「雖然你不知道，但是令孫端木風和端木傲，據說和端木玖的感情很好，不會連他們也不知道吧？」

端木如嵩姿態沉穩地看他一眼。

「公孫家主這麼關心小九的招式，是有什麼目的嗎？」

「只是好奇。」

「既然好奇，公孫家主不如去問本人。」

「這不是……她本人不在，所以才請教如嵩兄。」

「她用了什麼攻擊，為什麼要告訴你？」被拉來參加會議的仲奎一，皮笑肉不笑地反問。

「我……」

「你的絕招，會輕易告訴別人、公告天下嗎？」仲奎一不讓他說完，繼續問。

「這……」

「不管你會不會，小玖是沒必要滿足你的好奇心的。」結論。

公孫詮覺得仲奎一太囂張了。

「諸位，難道你們都不想知道，那個能以一擊擊殺神魂師的魂器是什麼嗎？」

「有好奇，但不是非要知道不可。」姬天朗微笑地說道。

「小姑娘的秘密，你個大老爺、大家主，就不必緊盯著不放了吧！」蒙斯微笑說道，覺得這語氣真是很有會議室的氣質。

這句話翻譯成傭兵大男人們的白話就是：你個大老爺大男人一直追問小姑娘的事是想對人家小姑娘怎樣?!有什麼不良企圖?!

公孫詮深呼吸、深呼吸，不理傭兵這群粗人，直接轉向煉器師公會，「石會長，你也不想知道嗎？」

「對於未知的魂器，身為煉器師，我當然很想了解，不過，不能勉強小姑娘；否則，不等於欺負小姑娘了嗎？」石耀光呵呵說道。

呵呵……不這麼說行嗎?!

想到家裡那個一直想要離家出走的兒子，石耀光頭很痛。

「公孫家主一直追問，莫非是怕九小姐拿那樣魂器來對付你？」陰月宇的表情，完全是惡魔的微笑。

是的，他就是故意這麼說的。

有怨當場就要報，過期作廢。

「陰家主，我是好奇、也是為大家著想。還是說，連神魂師都能輕易擊殺的魂師，各位都不怕？」既然被戳穿目的，公孫詮乾脆大大方方坦白。

他就是擔心，就是不想讓這樣魂器，成為端木家族的秘密武器，釀成下一次的大陸戰爭。

「各位都不擔心，端木玖成為下一個陰月華嗎？」

「公孫家主想太多了，小玖才不會變成下一個陰月華，她嫌麻煩。」夏侯駒實

在聽不下去。

仲奎一直接冷笑，「呵呵，真是好人做不得。就算不是存心，三個月前小玖也算救你一命，結果你就直接懷疑救你的人想殺你，還一副你是為大家著想的模樣，公孫詮，你是當家主當太久腦袋僵化了嗎？虛偽！」

「也許，公孫家主有意效仿先家主，又怕遭遇與先家主一樣的慘事，所以現在先把危險、扼殺於搖籃？」陰月宇喃喃地道。

但是大家都聽見了。

「哼！我仲奎一在此宣布，從此不接受任何與公孫家有關的煉器委託。會長，你呢？」威脅的語氣。

「……減半。一年不超過十件，器階不超過四星。」會長想哭。

家裡那個就算了，現在還有個反骨的，會用眼神威脅他的長老，會長，不好當啊。

「仲奎一，你……」

仲奎一直接不理他。

「明景親王，會議還有其他事要詢問嗎？」

「大事沒有了。」夏侯明景回道。

「那好。容我先行離開。」起身走人。

陰月宇也起身，「舊宅新立，家務繁忙，恕月宇先失陪。」走人。

「那麼，」夏侯明景出聲，阻止下一個想走人的人。「端木九小姐一事，不作任何討論。大陸上有如此傑出的後輩，也是一件值得慶賀的事，大家應該感到高興。若各位沒有其他事務，本次會議就到此為止，散會。」

再不散會，這些人只怕要一個個自行走人了吧！

端木如嵩回到家宅，立刻找了小四與小六，說道：「族內事務大致底定，三脈也已經歸整完畢，你們若想出去歷練，就各自準備出發吧！」

「祖父，發生了什麼事嗎？」端木傲敏銳地問。

今早出門之前還不太肯放他們離家的祖父，會議回來就主動鬆口了，肯定有事發生。

端木如嵩把會議上的事，毫不掩飾地說了一遍：「公孫家族也許只是其一，公孫詮當眾問了出來，反而不必太擔心他會私下做什麼；可是小九的事已經傳遍大陸，現在又去向不明，你們去找一找也好。若找到她，就好好保護她。」頓了一頓，就從懷裡拿出一個儲物手環，交給他們。「如果可以，也把這個交給她。」

「這是？」

「無論她怎麼想，她都是我的孫女，你們有的修練資源，她同樣也有。就算是……我這個祖父，對她的一點心意。至於她回不回來，由她吧！你們都不要勉強她。」

「我們明白。」兩人低聲應道。

「這一去，也許又是幾年，歸期難定。但你們要記住，你們是端木家的一分子，端木家族有你們、你們也有家族扶持；保護小九，也不要忘記督促自己繼續修

練。神階以上……也許還有更高的境界，你們兩人都要把心再放大一點，眼光再看遠一點，不要被外界的讚美迷惑住，忘了自己修練的初心。」端木如嵩把能想到的，都說了。

「是，祖父。」兩人再應道。

「去吧！」

「祖父，請珍重。」兩人行了個禮，轉身離開。

「這樣好嗎？」剛好走過來，旁聽到這段話的端木如岳，這才現身。

「修練的路，本該自己去闖，我相信他們。」嫡系三代最有天賦的兩人，端木如嵩自信他們的實力、心智，都不會輸給任何人，一定可以走得更遠。

至於家裡，還有玨兒、修兒他們，不用擔心家族後繼無人。

「你捨得就好。」

「如岳，也許從現在開始，天魂大陸，已經是這些年輕人的時代了。」小九的出現，一如她的父親。

不攪動一點風雲、嚇嚇別人，都不好意思說他們是父女了！

其他家主與會長，每個都是經歷過各種風雨的老牌高手，公孫詮想得到的，他們豈會沒想到？

只不過有些事該擔心、有些事卻不必杞人憂天。

他們是羨慕端木家族有那樣一個子孫，也很可惜，那個小姑娘竟然不是自己家的。

但是腦子想回來，他們家的孩子……也不錯！

就算現在可能輸一點點，以後再多努力就是。

而且他們好像和小姑娘相處得不錯，可以多交往啊！

於是回到家、回到公會，他們紛紛去找自己的兒子……

兒子不在?!但是房裡有東西。

他們狐疑地看著各自擺在房間裡床上、桌上、椅子上、枕頭上，不同地方的……留書？

攤開來看……

這一天，天魂大陸戰後會議結束後，各家各公會，不約而同爆出一句怒吼——

「這個不孝子！」

（待續）

番外

亂入小劇場

〈莫非是廣告?〉

天道:最近我特別生氣。
銀:氣什麼?
天道:我的地盤裡溜進來兩個不該在的人,我能不生氣嗎?
銀:哦~~(當然不會告訴你這是我故意的)
天道:不過,我把他們劈了。
銀:劈了就不生氣了吧?
天道:才怪!更氣。
銀:啊?!
天道:那兩個跑太快了,我沒追到……啊是腳下踩了風火輪喔!咻咻就跑不見……為了以後劈人方便,我決定也要訂購一雙!
××購物,你值得擁有!
銀:……

〈神階不算啥〉

銀：雷電的力量，原來不怎麼強啊。

天道：誰說不強？

銀：如果很強，你一劈怎麼只有劈破領域，沒把人也一起劈了呢？

天道：什麼領域？劈誰？

銀：（默）陰月華呀。

天道：那是誰？

銀：不會吧，你七十七章才劈過的雷，現在就忘了？難道天道也會健忘？

天道：誰健忘了？誰?!（白眼）我記得我是劈一個跑得快的男人，哪有劈什麼領域什麼陰月華？

銀：（再默）就是你劈那個男人沒劈中，結果劈中別人的領域啊。

天道：不知道。

銀：堂堂一個大神階，你竟然沒看到?!

天道：神階是啥米碗糕？你以為我的雷是隨便人都劈的嗎？至少要像那個跑得快的男人那樣，才夠資格讓我追著劈。（這是格調、格調！）

銀：……（一個快搞死全天魂大陸魂師們的神階，他居然直接無視，不愧是天道！）

天魂大陸眾魂師們：……（天道的格調，我等凡人果然懂不了）

作者的話

這一集，銀姑娘不小心又拖了好久好久好久～～～～久到編編大概覺得每次問我什麼時候交稿，都問得很絕望了。

銀姑娘認真反省——

為什麼每次趕到不行時都「發四」下回絕對不要再拖稿結果每次都還是拖拖拖稿了呢？

為什麼為什麼為什麼？（重要的事問三遍，結果還是沒有答案）

就是這麼地不小心就混了時間一天又一天過去了……（倒地）

關於這一集，寫作情況完全兩極化。

前半段，銀姑娘寫到要吐血。

寫寫刪刪修修改改，戰鬥的場面，尤其是全場那麼多人的大場面，戰場還分兩三邊，每邊都要寫到。

最後，就是寫到銀姑娘努力保持清醒不頭暈人員不亂入……

後半段，銀姑娘寫到煞不住。

明明都拖了很久，只想著快快快快快寫完，一心往集尾奔跑，結果是寫著寫

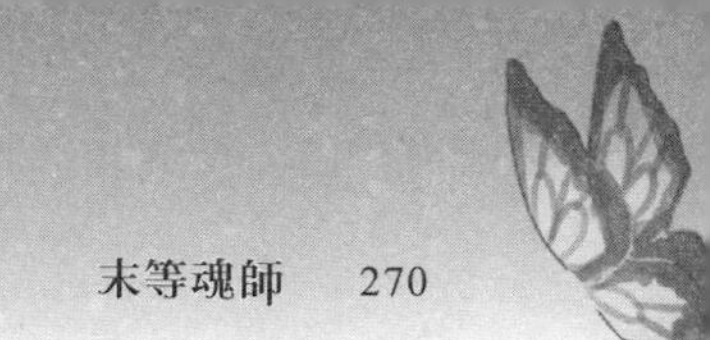

著，字數比上本還多，差點停不了。

其實寫完七十七章，銀姑娘真想接著寫三個字——全書完！

但是銀姑娘的良心覺得，完結在這裡太沒良心了，恐怕有人會想拿礦泉水丟過來。

……抖。

於是默默寫了後面的尾聲。（留懸念是一定要的，人家還要寫後面呀……>//////<）

其實要暫時完結在這一集，對於結尾，銀姑娘一直很苦惱。

基本上小玖就不是愛稱王稱后的人啊！總不能到最後卻讓她變成大家的領袖了吧？（銀姑娘自己吐槽：也拗太硬）

再加上原先的設定，以及後面的劇情，第一部的收尾，就變成這樣，也小小寫了一點銀姑娘自己的感慨。

不過，小玖還是小玖，哪會被別人的想法和看法困住?!

所以，小玖要放飛出去啦～～（哈哈哈，銀姑娘正經不過三秒鐘）

自從上回的簽書會後，一直以來都有讀者會詢問——

銀姑娘什麼時候會辦簽書會呀？

會在哪裡（北部中部南部）辦呀？

會不會來這裡（北部中部南部各縣市）辦呀？

咳，關於這個問題，銀姑娘其實……也不確定啊。（被打）

之前的簽書會，要很感謝出版社及金石堂書店的邀請與舉辦活動。（辛苦了，感謝！）

所以銀姑娘很開心就去和大家見面了。（見面了很害羞都不好意思跟大家說話，這點銀姑娘也是反省，認真想克服這個怯場的害羞毛病……不過目前來說，還是卡難的啊：P）

未來會不會再辦簽書會或見面會之類的問題……

答：如果有機會，銀姑娘會很樂意的，也希望大家若是路程方便，也可以一起來喲！

呃，不過，這現在真的不能確定。但如果有安排這類活動，銀姑娘隨時會在FB粉絲團上公告的。（什麼?!還沒按讚銀姑娘的粉絲團嗎？還等什麼，快、按、讚！並追蹤動態XD）

最後，謝謝大家一直看玖玖到現在。

希望未來大家也繼續看玖玖喔！

請期待《末等魂師第二部》，來自中州的各種傳說，即將來襲！

國家圖書館出版品預行編目資料

末等魂師⑦：魂師之路，開啟！／銀千羽 著.--
初版.-- 臺北市：平裝本. 2019.11 面；公
分(平裝本叢書；第496種)(銀千羽作品)

ISBN 978-986-97906-8-0（平裝）

863.57　　　　108016719

平裝本叢書第496種
銀千羽作品

末等魂師

⑦ 魂師之路，開啟！

作　　者—銀千羽
發 行 人—平雲
出版發行—平裝本出版有限公司
台北市敦化北路120巷50號
電話◎02-27168888
郵撥帳號◎18999606號
皇冠出版社（香港）有限公司
香港上環文咸東街50號寶恒商業中心
23樓2301-3室
電話◎2529-1778　傳真◎2527-0904
總 編 輯—龔橞甄
責任編輯—張懿祥
美術設計—嚴昱琳
著作完成日期—2019年6月
初版一刷日期—2019年11月

法律顧問—王惠光律師

讀者服務傳真專線◎02-27150507
電腦編號◎560007
ISBN◎978-986-97906-8-0
Printed in Taiwan
本書定價◎新台幣220元／港幣73元